»Er hat wie jeder ein Dasein oder ein Leben, doch ergibt sich daraus keine Folge von Biographie, kein Bild der Geschichte, kein Spiegel der Zeit. Er wird geboren, lebt am Ort und stirbt. Seine Biographie sind die Daten auf seinem Grabstein und vielleicht eine Fotografie unter trübem Glas. Wenn man vom Bauern spricht nach seinem Tod, wird er in den Familien le pauvre genannt. Auch Mathieu wird le pauvre heißen, der arme Mathieu.«

Christoph Meckel porträtiert in diesem Bericht seinen Freund und Nachbarn, den vierundsiebzigjährigen Lavendelbauern Mathieu in den Bergen der Drôme; Besitzer eines über 300 Jahre alten Hofes, auf dem die zweiundachtzigjährige Schwester dem Bruder den Haushalt führt. Es entsteht das lebendige Bild eines Menschen am Rande der Gegenwart, gefangen in Kargheit und Enge seiner Provinz. Was draußen passiert, erreicht sein Bewußtsein nicht. Was dennoch eindringt, ist gefährlich – die schnelle Entwicklung der Epoche, die über Mathieu hinweggeht. Er, der keine Söhne oder Enkel hinterläßt, weiß, daß er sich selbst überlebt hat. Doch ist dies für ihn kein Anlaß zur Larmoyanz. Gewohnheit und Lebenskraft tragen ihn weiter. Er findet Rückhalt in seiner alltäglichen Arbeit und – aller Wandlung zum Trotz – in den Normen einer archaischen Welt.

Die Kunst von Meckels Bericht besteht darin, den Menschen und sein Leben für sich selbst sprechen zu lassen. Zugleich erzählt Meckel die Geschichte eines Dorfes und seiner Bewohner in den Bergen der Drôme. So ist ein Epitaph zu Lebzeiten entstanden, die berührende Vergegenwärtigung einer schwindenden Welt.

Christoph Meckel, 1935 in Berlin geboren, studierte Grafik in Freiburg und München. Er lebt in Berlin und in der Drôme in Südfrankreich und veröffentlichte verschiedene Radierzyklen sowie zahlreiche Prosa- und Gedichtbücher, die in verschiedene Sprachen übersetzt wurden. Als *Fischer Taschenbuch* erschienen: ›Licht‹ (Bd. 2100), ›Ein roter Faden‹ (Bd. 5447), ›Shalamuns Papiere‹ (Bd. 13175) und ›Wildnisse. Gedichte‹ (Bd. 5819).

Christoph Meckel
Ein unbekannter Mensch

Fischer Taschenbuch Verlag

Veröffentlicht im Fischer Taschenbuch Verlag GmbH,
Frankfurt am Main, Juli 1999

Lizenzausgabe mit freundlicher Genehmigung
des Carl Hanser Verlags München Wien
© Carl Hanser Verlag München Wien 1997
Druck und Bindung: Clausen & Bosse, Leck
Printed in Germany
ISBN 3-596-14145-1

Das Buch berichtet von der Freundschaft
eines Deutschen mit einem Bauern in den
Bergen der Drôme.

*M*athieu kam auf dem Traktor und brachte Kartoffeln. Wir tranken Rotwein im Hof am beschneiten Tisch, die Gläser standen im Schnee, eine seltsame Freude. Er sagte: J'ai jamais bu un vin comme ça avec un ami.

*

Villededon liegt im Hinterland der Drôme, in der Landschaft der *Baronnies*, in der *Haute Provence*, und am südlichen Ende des *Dauphiné*. Hier durchdringen sich alte und neue Bezirke, die geschichtlichen Grenzen und die der Natur, Süden und Norden gehn ineinander über, es gibt Oliven und Enzian, Skorpione und Vipern, Zypressen, Zedern, Bergeichen und Pinien, Raubvögel und Nachtigallen und Kirschen und Wein. Hier befanden sich Sommersitze und Jagden der Römer, Ländereien der Päpste von Avignon, hier ackerten Mönche Plantagen aus dem Gestein. Die Gemeinde Villededon hat vierhundert Seelen, die kleinere Hälfte lebt im Ort, die größere in Höfen verstreut im Land. Es gibt ein Postamt, zuständig für sieben Dörfer, Arzt, Zahnarzt, Apotheke und eine Bar, ein Hotel-Restaurant, eine Kirche mit Friedhof und Pfarrhaus, eine Schule – die Lehrerin mit dreißig Kindern – Bäckerei, Gendarmerie und Supermarkt, die *maison familiale* und die staatlichen *Ponts et Chaussées*. Es gibt eine Ambulanz, eine Müllabfuhr, drei neue Campingplätze und *le tabac*. Es fehlen Tankstelle, Taxi und Autocar. Alle Busverbindungen wurden eingestellt.

Die Gemeinde steckt fest im Griff zweier Clans. Das ist der Bürgermeister und *député*, Besitzer des Supermarkts und sehr vieler Gebäude. Er ist Eigentümer des *abattoir*, allmächtiger Arbeitgeber in diesem *canton*, von ihm hängen achtzig Familien ab, unter ihnen Asiaten, Algerier und Portugiesen, er gewährt ihnen Arbeit und wird von ihnen gewählt. Der zweite Mann am Ort besitzt die Maschinen, das sind Bulldozer, Sattelschlepper, Lastwagen und Bagger, auch Kräne und Rammen, er ist der Monopolist für Bau und Transport. Ambulante Händler kommen mit ihren Containern – Kleidern, Werkzeugen, Haushaltsgeräten –, und an jedem Mittwoch erscheint *Le Crédit Agricole*, ein ziviles Fahrzeug mit ungesichertem Safe, man holt dort sein Geld ab oder zahlt es ein. Zweimal im Sommer findet ein Flohmarkt statt. Eine *fête votive* beendet die Sommersaison, mit Schießbuden, Karussellen,

Pétanque und Tanz; den Wettlauf der Ziegenböcke gibt es nicht mehr.

Die Mehrzahl der Leute am Ort sind Bauern. Der Bescheidene hat etwas Land mit Hühnern und Hasen, erntet Nüsse und Zwiebeln und pflanzt, was er braucht. Der Reiche hat zweihundert Hektar Wald, dreihundert Schafe und viel verwertbares Land, und kauft oder pachtet dazu, soviel er will. Der gewöhnliche Bauer verkauft Lavendel und Honig, Nüsse, Lindenblüten und Aprikosen, auch Kirschen, Quitten, Oliven und Confiture, aus grünen Tomaten und Feigen gemacht. Es gibt einen Maurermeister mit vier Gesellen, ein paar Angler, die Fische an Restaurants verkaufen, ein paar Kräutersammler und den Monsieur Eugène, ein Faktotum, der alles beschafft oder repariert.

Das Dorf ist nicht sehenswert, eine einfache Ortschaft, fünfhundert Meter hoch zwischen Felsen und Marnen, Steilhängen mit Bergeichen, Ginster und Zedern, am Zusammenlauf zweier Flüsse aus Nord und Ost, verwilderten Wasserbetten voll Kies und Geäst, die im Winter Ströme, im Sommer Rinnsale sind. Die Winter sind hart, dann gehört das Gebirge sich selbst, die Sommer sind trocken und heiß, von Touristik verdorben, mit *trafic* überzogen und lärmend, von Camping entstellt. Qualm der Müllplätze überzieht das Land. Wer hier lebt, läßt geschehn, was geschieht, und nimmt hin, was ihm schadet. Die *Route Nationale* verbindet ihn mit der Welt. Von der Talsohle führt eine Straße in das Gebirge, an den Hängen vereinzelt liegen alte Höfe, einer der Höfe gehört Combel, Mathieu.

*

Das gefällt mir, sagte Mathieu, als wir von der Gebirgsstraße in tiefe, waldige Schluchten hinunterblickten, wenn der Raubvogel dort unten im Schatten fliegt, und ich bin dreihundert Meter über ihm. Das ist was! Das ist das Gebirge!

*

Mathieu kann weder Pläne noch Landkarten lesen. Es ist oft die Rede von anderen Ländern – Inseln, Tropen und Kontinenten –, und ich weiß, daß er keinen Begriff von der Weltkarte hat. Er weiß – durch mich? von der Wettererklärung im Fernsehen? – daß Frankreich an Schweiz und Deutschland grenzt, doch ich zweifle, daß er weiß, wo Antwerpen liegt, daß er Dänen von Tschechen unterscheiden kann, Mexiko von Alaska und Indien von Vietnam. Belgien liegt außerhalb – weit weg – im Norden, und Italien ist ein Fortsatz der Côte d'Azur. Aber in Villededon kennt er jeden Stein. Hier herrscht der lokale, großgrundbesitzende

Gott. Der hat dem Mathieu, als er klein war, im Traum gesagt: Mathieu, ich verlasse mich auf dich; ich selbst kann nicht alles im Auge behalten, du bist mein Stellvertreter in Villededon; du paßt auf, daß jedes Ding seine Stelle hat!

*

Wenn vom Wetter die Rede ist, wird nicht schwadroniert. Mathieu täuscht sich selten, befragt mich und hört mir zu, denn der Wetterinstinkt ist gemeinsam wie Tag und Nacht. Das ist hier kein Pausengeplauder wie in den Städten, Mathieu lebt im Wetter, und davon hängt alles ab – ob Frost oder Hagel die Pfirsichplantage verwüstet, die Lindenblüte herunterdrischt. Mistral, Südwind, Trockenheit oder Regen, Tramontana, Bise, die feuergefährliche Dürre im Sommer, der ausgetrocknete Fluß, die versiegenden Quellen, der jährlich weiter sinkende Grundwasserspiegel und was zum Wetter gehört wie Schlaf und Gesundheit, das wahrhaftige Rheuma alter Bauernbeine. Die Ernten gehn ineinander über, anhaltender Regen macht die Kirschen wäßrig, als Ware wertlos, anhaltende Hitze macht die Kirschen klein. Bleibt der Regen aus, verkümmern die Nüsse, sind die Nüsse fertig, muß Sturm bei der Ernte helfen, der Regen die Nüsse von den Ästen schlagen. Die uralten Regeln des Bauernkalenders sind wirklich – wann wird gesät, geerntet und Holz geschlagen – und Neumond und Vollmond bestimmender als der Staat.

*

Die Beziehung des Menschen zur Natur – bleibt anderen vorbehalten, er kennt das nicht, Mathieu ist Bestandteil der Landschaft und was in ihr lebt. An der Außenmauer des Hofs blühen Flieder und Rosen, seine Schwester stellt sie im Wasserkrug auf den Tisch. Man sitzt an der Mauer im März, die Sonne wird wärmer, man erholt sich von Kälte und Nässe, und das tut gut. Wer die Gegend *herrlich* nennt, hat sie nicht gesehen, wer in ihr existiert, spricht vom Wetter und schwitzt und friert. Natur ist Rohstoff, verwertbares Material. Sie ist lebendig, das heißt zum Gebrauch bestimmt, alles andere ist Ansichtssache und nicht Natur. Ein Nachbar pflanzt Lavendel vor seinem Landhaus, das sieht hübsch wie ein Garten aus, wird blau im August, und dann findet er einen Bauern, der schneidet es weg. Der gefundene Bauer hat das zweimal gemacht, mit Sichel und Schultersack auf die alte Art – für die Erntemaschine ist das Feld zu klein –, und dann abgewunken, in Zukunft kommt er nicht mehr. Jetzt steht der Nachbar, ein Feriengespenst aus dem Norden, verschwitzt im Lavendelfeld und schneidet selbst. Das erscheint ihm nicht angemessen, und er gibt auf.

Ein elf Jahre altes Lavendelfeld trägt nicht mehr. Die Pflanzung wird ausgerissen und verbrannt. Ein greiser Nußbaum wird abgeholzt, der Stamm an den Schreiner Arnaut in Grignan verkauft. Natur ist für Ausflügler oder Campinggestalten, Leute mit Sonnencreme, T-Shirts, Holzkohlengrill.

*

Du bist doch Schriftsteller, sagte Mathieu, jemand, der was schreibt, pas vrai? Du müßtest mit ganz anderen Leuten reden.

Und ich: Ich kenne die anderen Leute, *les autres*, sie sind nicht so wichtig, wie du glaubst, sie sind nicht besser und klüger als du oder ich. Ich spreche mit dir, mit Sylvestre, Marcel, Monsieur Bernstein, Madame Prémol und ein paar andern; mit dem Bürgermeister spreche ich nicht.

Und Mathieu: Mit dem Bürgermeister – ich auch nicht, nie! Man sagt guten Tag und auf Wiedersehn, c'est tout. Je suis bien avec lui, mais – du hast recht, t'as raison.

Wir zählten auf, mit wem wir sprachen und nicht sprachen, mit wem wir gern oder ungern, viel oder wenig sprachen – so lange, bis sein Zweifel verschwunden war.

Das geschah vor fünfzehn Jahren. Es wiederholte sich nicht auf diese Weise.

Es ist eine Freundschaft zu seiner Bedingung. Die Freundschaft ist wahr. Der Bewegliche bin ich.

*

Im Winter rufe ich aus Deutschland an, sein Telefon schrillt in der niedrigen Küche. Die Gespräche verlaufen in gleicher Weise, einfache Sätze, laut und schnell gerufen. Wie geht es? Ça va. Die Gesundheit? Pas mal, merci. Die Arbeit? Eh ben – pas grand-chose au moment. Das Wetter? Es hat geregnet oder geschneit, pas mal de pluie, un peu de neige, drei Grad über Null. Die Nachbarn? Eh ben – ça va. Und weiter ist nichts zu erfahren. Er hat keine Möglichkeit, sich mitzuteilen, etwas zu berichten, auf Fragen Antwort zu geben. Er realisiert nicht, was eine Frage bedeutet und daß ich tatsächlich etwas wissen will. Er kann eine Tatsache nicht in Sätze verwandeln. An seinem Küchentisch erfahre ich später, daß Bekannte verunglückt oder gestorben sind, Straßen überschwemmt und Häuser geplündert, der Nußbaum im Blitz verbrannt, das Benzin verteuert und der Lavendel unter Preis verkauft. Sitzt der Mensch gegenüber am Tisch, kann Mathieu erzählen, die gemeinsame Wirklichkeit ist wieder da. Meine Abwesenheit ist wirklich und wird empfunden, sie nimmt der Nachbarschaft und dem Alltag was weg. Mein Leben an anderen Orten steht nicht zur Debatte, dort reicht keine Vorstellungskraft, kein Interesse hin. Mathieu ruft mich hier, nicht in Deutschland an.

Ich rief ihn an, am Apparat war die Schwester. Ihre unklare Sprechweise, zahnlos und hastig, verflüchtigte sich als kleines Gebell. Ich verstand von der ganzen *pagaille* nur den letzten Satz. Sie rief: *venez vite!* und legte auf.

Die Schwester ist alt, immer älter und noch einmal älter. Sie ist klein, immer kleiner und schwächer und ahnt ihr Sterben und will, daß ich da bin.

*

Der Dorfarzt, Docteur Hubac, ist ein ruhiger Mensch. Er sagt das Notwendige, aber selten laut, wiederholt es, wenn nötig, mit Nachdruck und schreibt es auf, und man gewöhnt sich daran, daß er wenig spricht. Man hat nicht erfahren, was der Doktor denkt, und er hat nicht, wie andre, Telefon im Wagen, ist aber zur Stelle, wenn man ihn braucht. Er kümmert sich um die Leute und kommt auch nachts. Der Bürgermeister hat ihn zu kaufen versucht, so erfährt man, daß *le docteur* nicht bestechlich ist. Ein guter praktischer Arzt, wenn man weiß, wer er ist.

Eines Tages im Oktober setzt er eine Vertretung in seine Praxis und fährt mit zwei Lastwagen voller Medikamente nach Rumänien. Ihn begleiten ein dickes Fräulein aus dem Dorf und ein Chauffeur.

Für wen soll das gut sein, sagt Mathieu, was ist denn passiert. Die Diktatur in Rumänien ist abgeschafft, Mathieu hat es täglich in der *télé* verfolgt, die Lage ist unklar, die Not zum Verzweifeln, die Leute dort hungern, leiden und sterben, es fehlt an Medikamenten, Seife und Brot. Das erzähle ich ihm und sage auch, daß das Unternehmen des Doktors erstaunlich ist.

D'accord, sagt Mathieu. Aber er hat es nicht selbst bezahlt.

Und ich: Der Doktor hat, im Rahmen einer Aktion, die Medikamente beschafft, auf Camions verladen, in zwei Tagen und einer Nacht nach Rumänien gefahren und dort an die richtige Adresse gebracht. Er hat sie nicht einfach hingekarrt. Er hat sie persönlich zu Ärzten gebracht, und dafür gesorgt, daß sie in guter Weise verwendet werden.

D'accord, sagt Mathieu. Mais – je veux dire – il est Français – er ist Franzose – non?

Ich weiß, was Mathieu sagen wird und bestätige, daß der Docteur Hubac Franzose ist.

Und in Frankreich – gibt es hier keine armen Leute? Was will er in Rumänien?

Es gibt auch in Frankreich Leute, denen es

schlecht geht, Menschen ohne Paß und Wohnung, Arbeitslose, vielleicht Araber, Schwarze – aber in Rumänien ist eine ganze Nation am Ende, Millionen Menschen völlig verelendet, furchtbare Not.

Je ne dis pas le contraire, sagt Mathieu, aber er ist Franzose – non? Soll er sich um Franzosen kümmern.

Er sagt: Zuerst die Franzosen, dann die andern.

Mathieu wiederholt: Il est Français.

Was ich antworte, ist ihm egal. Mathieu bleibt gereizt. Er ist Franzose, nichts als Franzose, einmal mehr Franzose, der Rest ödet an.

*

Die Gendarmerie liegt am Ausgang des Orts, flußaufwärts an der Straße ins Diois, ein umzäuntes Areal mit Familienhäusern, sechs farblosen Schachteln in Reih & Glied. Verwaltungstrakt und Garagen zur Straße hin, mit vergitterten Fenstern und kugelsicherem Glas, ein Vorplatz, ein Fahnenmast mit der Trikolore, die alarmgesicherten Zugänge unter Licht. Die Verwaltung, das Hauptgebäude ist flach und grau, Verordnungen und Plakate im Vestibül, eine Anmeldung mit Barriere, ein Tisch, ein Stuhl. Dahinter Büros mit Computern und Telefonen, ein Panzerschrank, ein Kopier- und ein Faxgerät, die Gelände- und Straßenkarten des

Départements, abschließend ein enges Quadrat, das Büro des *chef*. Im Anbau zwei schmale Arrestzellen nebeneinander, mit Eisentür, Matratze, Beleuchtung, Abort. Zur Station gehört *le chef* mit den sechs Gendarmen, verschiedene Einsatzwagen und schwere Waffen, die *le chef* persönlich in Verwahrung hält. Der Bezirk umfaßt elf Dörfer und mehrere Weiler, fünfundvierzig Kilometer der *Route Nationale*, zwei Discos, drei Pässe, viel Buschland und Felsen, eine übersichtliche Anzahl von Bars und Hotels. Die Streife ist pausenlos unterwegs, auf wechselnden Routen, bei Tag und Nacht.

Es gibt in *la France profonde* nicht viel zu tun, *le chef* ist nicht ausgelastet, er greift lieber durch, und der Führerscheinentzug ist sein liebstes Ding. Der Gendarm, die Gendarmerie, ist Teil der Armee, *le chef* steht im Rang eines Offiziers – er besitzt ein Motorrad, hält ein Pferd und gilt im Bezirk als falscher Hund. Die Uniform macht jeden Gendarmen groß. Wenn ein *flic* in Zivil durch die Ortschaft geht, sieht er aus wie ein *employé*, anonym und blaß.

Im Bezirk von Villededon ist nie viel passiert, keine Autodiebstähle, kein Rauschgift, Verhaftungen selten. Man schnappt einen Dieb auf dem Schleichweg in die Alpen, bei Doudou an der Straße hat jemand Kleingeld geklaut, das Türschloß der Pharmacie wurde aufgebrochen, ein Parterrefenster des Hotels in Scherben gelegt, alles nachts, im Winter und ohne Spur. Ein Fotograf, Päderast, der hier unerkannt lebte, in unmittelbarer Nähe der Gendarmerie – er belieferte feste Kunden in Aix und Valence –, entzog sich schneller Verhaftung durch einen Schuß, das Gehirn hing an der Wand, seine Frau fiel zu Boden, und die Gendarmerie kam Sekunden zu spät. Und es gibt das Nachttelefon und den Denunzianten, den kleinen Verdacht an die Große Glocke gehängt, den anonymen Hinweis auf Fremde Vögel, die Kontrollen der Campingplätze und vieles mehr. Und es gibt die Vorsicht des Bauern vor dem Gendarmen und die schöne Gewißheit, daß er den Ort beschützt. *Ils ne sont pas contre nous*, sagt die alte Janine.

Einmal im Jahr kommt die Streife auch zu Mathieu. Zwei Gendarmen gehn durch den Vorhof und klopfen an, man bemerkt das Vorhandene ohne hinzusehen, es liegt nichts vor, man redet und trinkt Kaffee. Die Uniform hat sich ihrer Pflicht entledigt, geht zum Mandelbaum und füllt ihre Taschen, steigt in den blauen Wagen und kommt zu mir. Dasselbe bei mir.

*

Auf den Beerdigungen steht man herum. Das Herumstehn ist Ausdruck des Unbehagens, die Gewohnheit wurde durchbrochen, es ist der Tod, man steht in Gruppen und murmelt alltägliche Dinge, trifft wie auf Märkten zusammen und spricht vom Geschäft. Man ist in sauberen Kleidern da, in gewaschenen Pullovern und frischen Hemden – kam früher vom Feld zurück und zog sich um –, und steht nun vorm Haus des Gestorbenen, dann vor der Kapelle, sichtbar im Licht, und weiß nicht wohin mit den Händen – die unbeschäftigt wie Schaufeln aus Ärmeln hängen, Hände in Taschen versteckt, auf dem Rücken gefaltet, vor gürtelumschnallten Bäuchen zusammengelegt. Der Sarg erscheint, von Verwandten und Nachbarn getragen, man folgt ihm zum Friedhof in schleppendem Gang, die kleine Kirche ist seit dem Morgen geöffnet, der Gemeindediener war mit dem Schlüssel da, fegte Staub von Stufen und wackelnden Bänken, warf eine tote Taube ins Gras hinaus. Die Luft im Gewölbe ist klamm und kalt, auch während der Sommermonate kaum erwärmt, hier findet außer Begräbnissen nichts mehr statt. Von Moder und Grünspan zerfressene Mauern, das zerfaserte Glokkenseil, der vertrocknete Beichtstuhl, verfaulendes Blumenwasser und Kalk in Haufen, die Madonna mit Kind, eine süße Lolita-Ikone, ein paar Heilige in verschimmelter Bläue schwebend, ihre Hände und Heiligenscheine sind ausgeblichen, die Leinwände aufgequollen, die Rahmen verfault.

Während die Männer auf dem Vorplatz reden,

wird im Dunkel die Totenmesse absolviert. Das sind ein paar brennende Kerzen und etwas Weihrauch, der *curé* mit der kleinen Herde alter Frauen, Geleier brüchiger oder schriller Stimmen und ein dünner Gesang, der bald verstummt. Der Sarg wird aus der Kirche zum Grab gebracht, es liegt seit dem Vorabend offen da. Dort häufen sich echte und scheinbare Blumen, die *pompes funèbres* aus Draht und Plastik, Kränze aus Porzellan und beschriftete Schleifen, *regrets!* in Blechbuchstaben und goldener Schrift. Dort steht die Verwandtschaft in Schwarz und Grau, ein vereinzelter Kriegsveteran in Uniform, und der Bürgermeister hält das Weihwasser hin, im historischen Schälchen aus Gußeisen oder Blech. Ein Défilé von Betroffenen zieht vorüber, verschlossene, ernste und leere Gesichter, man hat vom Verstorbenen seine Kartoffeln bezogen, man war auf der Jagd zusammen und in der Bar. Ein tropfender Buchsbaumzweig geht von Hand zu Hand, dann steht man noch eine Weile und blickt auf die Berge, die um alle Friedhöfe weit und steinig sind. Und da man von Totenmählern hier nichts weiß, die Trauergäste zählt, aber nicht bewirtet, nicht zum Wein in die Häuser bittet und nicht ehrt, geht man bald auseinander und fährt nach Haus.

※

Ein guter Bauer hat viel zu tun. Er ist Maurer, Dachdecker und Flachmaler, Holzfäller, Kaminbauer, Tier- und Pflanzenkenner, Pilz- und Trüffelsammler, Hirte und Schäfer, Arzt und Geburtshelfer seiner Tiere. Er ist Pflanzer, Gärtner und Händler seiner Produkte, er verkauft nicht im ersten und nicht im letzten Moment. Er kann Imker und Fahrzeugmechaniker sein. Er beherrscht die verschiedensten Arten von Ernte und kennt sich mit Dünger und mit Bewässerung aus. Er kann schwere Gewichte tragen, er fährt jedes Fahrzeug. Er arbeitet zuverlässig, beständig und gern und erlaubt sich nicht, entmutigt zu sein. Er hat sicheren Instinkt für Geld und Wetter, menschliche Selbstdarstellung und Hierarchie.

Wer kennt ihn?

Vom Bauern ist nur die Rede, wenn er streikt, Barrikaden aus Schweinefleisch oder Äpfeln errichtet. Er wird nicht angesehen als Mensch dieser Zeit, als Intellektueller kommt er nicht vor, er ist kulturell bedeutungslos, ein Barbar, und er ist kein Mythos und selten Motiv der Kunst. Er wurde historisch als *Fundament der Nation*, und er stellt keine Hoffnung für die Gesellschaft dar, an ihren Entwicklungen hat er nicht teil. Er ist die Folklore, der Kartoffeltyp.

Der bürgerlich Denkende romantisiert den Bauern oder nimmt ihn nicht wahr, stilisiert ihn zum

Elementarmenschen oder Idioten. In politischen Programmen kommt er vor als Lieferant bestimmter Produkte und wird in dieser Rolle manipuliert. Er gilt als *Stimmvieh* linker und rechter Parteien. Er hat immer wieder zu hören bekommen, daß *Bauer* ein anderes Wort für Beschränktheit ist. Er bezeichnet sich selbst als Farmer, als *agriculteur*, und seinen Hof als Farm oder als Betrieb. Er ist Teil einer Industrie, oder er ist nichts. Seine Kinder lassen ihn auf dem Land zurück, verbürgerlichen in Städten, verdienen Geld. Wenn die Alten sterben, wird Hof & Hektar verkauft. Wer in der Landwirtschaft bleibt, kann von ihr nicht leben, er verdient zusätzliches Geld mit Handel und Job. Er züchtet Geflügel oder Fische, richtet auf seinem Grund einen *camping* ein, betätigt sich als Chauffeur oder handelt mit Holz. Die Frauen im Haushalt kochen für andere, transportieren Schulkinder, arbeiten auf der Post. Der gewöhnliche Bauer wie Mathieu wird in Zukunft undenkbar, anachronistisch sein. Seit fünfzehn Jahren, und älter werdend, erfährt Mathieu und erfaßt genau, daß seine Generation eine letzte ist, und er ohne Kinder und Enkel sich selbst überlebt, doch kennt er nicht Bitterkeit oder Larmoyanz. Gewohnheit und Lebenskraft tragen ihn weiter. Nichts begünstigt, nichts stützt ihn. Er lebt ohne Rückhalt auf den Abbau hin.

※

Das Verborgene im Dasein des Bauern entspricht dem verborgenen Teil des Eisbergs: Es entzieht sich der Kenntnis und gefährdet ihn. Es ist das geballte Ungelebte in ihm, der ungeheure Mangel befreiender Sprache, erlösender Einsicht und offenen Gefühls. Das scheint er nicht zu brauchen, doch fehlt es ihm, je direkter sich *information* seiner Sinne bemächtigt, die Medien ihn überreizen und manipulieren, der politische Apparat ihn im unklaren läßt. Er überernährt sich mit Bildern von Sex und Mode, Vernichtung, Gewalt, Krieg, Technik und üppigem Geld und hat keine Chance, das mit sich ins reine zu bringen. Die Teilnahme am Grandiosen ist ihm verwehrt, das Begehrenswerte ist nicht für seinen Gebrauch, die Angst sickert in ihn ein, und er weiß es nicht. Das zerreibt immer schneller sein dickes Fell und macht die ererbten Waffen stumpf – Sturheit, Vorurteil, Stolz und Wert seiner Arbeit, die Gewißheit des Immergleichen in Raum und Zeit, das Fehlen von Nonsens und Vorstellungskraft, und seine Stärke: Er ist nicht sentimental. Mathieu versteht nicht, stellt aber fest: Die Natur läßt ihn im Stich, die Materie krepiert. Essenz aus Chemie ersetzt den Lavendel, das entwertet seine Ware seit zwanzig Jahren, jetzt verfällt der Lavendel selbst, die Pflanze verkümmert, die Lavendelfelder verfaulen vor seinen Augen und er versteht, was er zweifelnd, dann zornig verneinte:

Es wirken sich Einflüsse aus, die er nicht beherrscht, Atom, Vergiftung, Seuche und saurer Regen, er hat davon gehört und muß anerkennen, daß er diesen Bedingungen nicht gewachsen ist. Qu'est-ce que tu veux que je fasse, das ist sein Satz. Er erfährt die Veränderung der Erde im Detail, kommt zu eigener Einsicht nur durch den eigenen Verlust, die Verluste anderer Leute erschrecken ihn nicht. Der Lavendel wird ihm genommen, er kann es nicht leugnen, und er war mal der große Lavendelfarmer am Ort, seine Felder standen am besten, das war sein Stolz. Was in allen Apokalypsen überlebte, nach allen Vernichtungen wieder wirklich war, das Bewußtsein belebte oder das Lebensgefühl – ein unverwüstlicher Grund aus Natur und Materie –, ist angegriffen und wird zerstört. Mathieu steht zum erstenmal ohne Gewißheit da. Was er unwissend abstritt oder verlachte, ist heute, unwissend wieder, sein erster Befund. Verseuchungen, Bomben, Kernkraftwerke sind seine erste und letzte Begründung für alles, was verdorben oder krank, nicht heilbar ist. Dort kommt auch die Trockenheit her, die das Bergland gefährdet, und die Turbulenzen des Wetters, sagt Monsieur Forain. Man hört, das Spritzen der Obstbäume kommt dazu, das Verbrennen von Abfällen an der Straße, Giftstoffen und Plastik aller Art – ich verbrenne, was brennt, sagt Forain und lacht. Mathieu wirft den Abfall ins Loch hinter seinem Feld.

Und Tod und Krankheit, Gefahr und Verlust – das wird nicht verdrängt, sondern abgetan, das hat mit der Zeit des Bauern nichts zu tun. *Der Schlaf der Vernunft gebiert Ungeheuer.* Ihr Brüllen wird hörbarer jeden Tag.

*

Die alten Untoten sterben unbemerkt, von Verwandten gefüttert, in feuchten Zimmern allein, sind eines Tages aus ihren Gärten verschwunden, nicht mehr aufgetaucht in der Bar, auf dem Champ de Mars. Sie sitzen jahrzehntelang auf der Mauer am Fluß, verbrauchen bewußtlos wie Tiere Licht und Zeit, dann hängt eine Nachricht in der Bäckerei, man folgt ihren Särgen und geht auseinander und vergißt die Vergessenen zum letzten Mal.

Wer hier lebt, produziert sich mit allem, was sichtbar macht. Man erscheint im Wagen, hupt, steigt umständlich aus, trinkt Kaffee an der Bar, kauft Zeitung, Tabak und Brot, geht durch den Ort, um durch den Ort zu gehen, bemerkt, begrüßt und angesprochen zu werden, man macht auf sich aufmerksam, verurteilt das Wetter, grüßt laut über weite Entfernung und zeigt, daß man lebt.

Die Bar ist das Wohnzimmer aller Säufer am Ort, das Begegnungszentrum der Jäger und Schwadroneure, der Faulpelze, Drückeberger und Denunzianten sowie der Skatspieler, Flipper und Sommertouristen. Sie ist das eigentliche Zuhause derer, die dieselbe Krankheit zusammenführt – unheilbare Langeweile, großes Gähnen –, das sind Armand, Philippe und der dicke H'Allo, Provinzmeister aller Maulhelden, struppig und stinkend, und Vollard André, der Totschläger aus Savoyen, er fand einen Sudanesen auf seiner Frau. Es erscheint Moulin, pensionierter *flic* aus dem Elsaß, mit seinen Töchtern, beide nicht klar im Kopf, sie zeigen sich vor der Bar und gehen wieder weg. Monsieur Bernstein geht alt und langsam über den Platz, und Madame *C'est-pas-bon*, die die Männer für unchristlich hält, prophezeit wie jeden Morgen das Ende der Welt, in der Bar, im Tabac und am Wagen der klugen Juliette, die am Mittwoch ab zehn ihre Eier und Käse verkauft. Es erscheint Rolland, viel klein viel alt viel arm, er schleppt sich zum öffentlichen Privé am Fluß, weil er ein Parterre ohne Toilette bewohnt. Garnier tritt auf in gebügeltem Arbeitsblau, bekannt als Schafzüchter, Royalist und Diktator, er hat eine Waise gekauft und zum Sklaven erzogen – im Waisenhaus, in Grenoble, das ist kein Witz –, der kümmert sich um die Schafe und Hunde, kommt nur, wenn gewählt wird, nach Villededon, und Garnier erklärt ihm, wohin er sein Kreuz setzen soll. Die Kinder werden in Eile zur Schule gefahren, danach stehen die Mütter vorm Postamt, man hört es weit. Madame Bisette geht vorüber, man blickt ihr nach, sie verlor den Verstand, das geschah in den Wechseljahren, sie war hier die einzige Frau, die den Männern was zeigte, und läuft immer noch mit offener Bluse herum, mißbilligt nur von den Frauen und vom curé. Man erblickt Antoine im neuen Mercedes, den friedlichen Portugiesen mit seiner Tochter – es gibt kein Kind, sagt der Arzt, das so zärtlich geliebt wird –, Jean Vallon, der Arabisch so gut wie Französisch kann, und sein Französisch stammt nicht von hier; der immer lachende Claude, *pied-noir* aus Marokko, und Dondon, der zu gleicher Zeit an fünf Ecken erscheint. Und man sieht Mathieu, der eine Frau besucht, in der Bar Kaffee trinkt, nie lange bleibt, im Hotel Kartoffeln abliefert, sein Weißbrot kauft.

*

Mathieu fährt grundsätzlich auf dem Traktor vor. Er bringt Kartoffeln und Holz oder holt etwas ab und kommt auch unbeladen nicht zu Fuß. Der Traktor ist mehr als das Auto sein Herrschaftsmobil, er kommt mit ihm in die Schluchten und auf die Berge, auf dem Hebegestell transportiert er Geräte und Waren – Leiter, Elektrosäge, Korb und Sack –, mit dem Anhänger schafft er die Ernten zum Verkauf.

Er kommt, wenn er etwas bringt oder etwas braucht, mancher andere kommt nur, wenn er etwas will. Der nähert sich seinem Ziel in der Art des

Katers. Die Schläue in seinem Gesicht – davon weiß er nichts, er hält sich für undurchsichtig und sehr *prudent* –, kündigt an, daß er vorhat, von mir zu profitieren, und mich in der Sache für einen Romantiker hält.

Die Landwirtschaft ist mir gut bekannt, doch glaubt er mir nicht, daß ich Knecht eines Bauern war, manuelle Arbeit für mich kein Luxus ist und Heu und Wein so vertraut wie das Abc. Ich habe zu sein, wie ich ihm erscheine, und bin, was sein Vorurteil aus mir macht, der Deutsche, ein praller Geldsack und Kapitalist. Er hat sich fest eingerichtet in dieser Behauptung, sein beständiger Antrieb ist das Vorurteil, sein Selbstverständnis dreht sich um *arm* und *links*. Links sein heißt fordern, kassieren, sich bereichern und richtet sich lebenslang gegen jeden, den er als *vous autres* beknurren und abwerten kann. Von Geschichte und Sozialismus weiß er nichts. Sein Vorurteil wird üppig ernährt mit allem, was die Konstellation bestätigt, in der er sich hält. Sein Rechthaben gegen *vous autres* ist ein Konto, von dem er beliebig und jederzeit abheben kann.

*

Der Gemeindediener lebt in der Nachbarschaft, er stellt sich als der Ärmste der Armen dar. Um dieses Selbstbildes willen bin ich reich und je nach Bedarf ein Nachbar, mit dem man trinkt – in der nackten Absicht, ihn übers Ohr zu hauen –, oder der andere, ein *boche*, der hier keinem fehlt. Das alte, ererbte Feindbild ist grell koloriert, man läßt es auf sich beruhen oder putzt es auf. Der Gemeindediener besitzt ein ererbtes Gehöft, mit Garage, Werkzeughalle und eigener Quelle. Ihm gehört ein Maschinenpark, schuldenfrei, mit drei Traktoren zu diversem Gebrauch, drei Anhängern und einer Sägemaschine, der Guillotine ähnlich, elektrisch betrieben, die Holz entrinden, zersägen und spalten kann. Ihr Besitzer erfreut sich an Fräsen und Beilen und fände es hübsch, ein paar Köpfe da hinzuplazieren. So drückt er sich aus, so zermalmt er sein Holz wie Knochen. Er fährt einen Lieferwagen und einen Mercedes und seine Frau einen neuen Ford. Die Söhne sind auf Motorrädern unterwegs. Ein Gefriercontainer für Fleisch und Obst steht groß wie ein Trailer am Hang vorm Haus. Seinen Job als Fernlastfahrer braucht er nicht mehr. Er verdient als Hobbymechaniker schwarzes Geld, repariert die Fahrzeuge seiner Nachbarschaft und hortet, verkauft und kauft, was er kriegen kann, Bulldozer, Campingwagen, Geflügel und Holz. Er hat Nüsse, Lavendel, Obst und Land genug, um gut ernährt zu sein und Gewinne zu machen, und verdient alles weitere Geld als Gemeindediener – seine Frau führt den Haushalt alter Leute –, genießt seinen Status als zentrale Erscheinung, und ist der hauptsächliche Kolporteur am Ort, Informant und Straßenspion des Monsieur le Maire. Und er ist arm. Ärmere Leute interessieren ihn nicht.

*

Südwindwetter im frühen Herbst. Die Luft ist erstickend schwer, die Gelenke schmerzen, der Wind trägt Staub der Sahara nach Norden, an einem Morgen ist die Landschaft rot, das Gras, das Laub und der Tisch im Freien, die Fahrzeuge und die Steine matt beschlagen, die Fenster trübe mit Rot bestaubt.

Das ist, sagt Mathieu, der Wind aus den Kolonien.

Die Nacht ist schlaflos, der Tag für die Arbeit verloren. Man sitzt in dunklen Küchen, trinkt kaltes Bier, und spricht, sofern man noch spricht, mit gedämpftem Organ. Es ist der Moment der Moskitos und Schlangen, Spinnen und Wiesel. Die Viper kriecht aus dem Gestein und schläft, wo die Hitze sich sammelt, an Wegrändern und an Quellen. Die Mauern und Ziegeldächer sind heiß, das Wasser im Freßnapf des Hundes verdampft. Der kühlste Ort ist ein dunkles Gewölbe, dort schläft der Hund und frißt nicht mehr. Die Nacht kühlt nicht ab, die Dunkelheit trübt sich, die Sternbilder fallen im Dunst auseinander. Das Käuzchen ruft nicht mehr, die Kröte bleibt aus. Man hofft auf Niederschlag, doch dann kommt ein Gewitter, das donnernd ohne Regen vorüberzieht. Der Siebenschläfer kickt Nüsse im Dach, verschiebt die Ziegel, zerfrißt die Isolation. Zeit ungeheurer Brände in trockenen Gebieten, über Berge und Ebenen treibt schwerer Rauch. Der Pyromane hat seine tolle Zeit. Er füllt ein paar Schneckenhäuser mit Pulver, setzt sie aus im Gestein und läßt die Sonne machen. Die Explosion wirft Funken ins trockene Buschland, und ein Gebirge geht in Flammen auf. Oder man wirft, auf Motorrädern fahrend, ein paar brennende Öllappen in den Maquis. Es ist die Praxis derer, die Land haben wollen, der Grundstückhaie, der Baufirmen und der Jäger – das Wild flieht über die Straße ins eigene Gebiet.

Das ist der Wind aus den Kolonien, sagte Mathieu, den haben uns die Araber rübergeschickt, eine dreckige Rasse.

Attention! Wer behauptet das, *dreckige Rasse*.

Eh ben, wer das sagt. Die würden, wenn sie könnten, allen Franzosen die Hälse durchschneiden.

Ich hörte das nicht zum erstenmal. Die *sale race* ist ein altes Versatzstück, von Franzosen jeder Herkunft gebraucht.

C'est sûr! sagte Mathieu.

Du bist nicht in Tunis oder Algier gewesen, du

weißt nicht, daß die Araber sauber sind. Sie kämen sonst um in dem Klima, in ihren Vorstädten.

Ça se peut. On le dit.

Sie sind sauberer als du. Du hast keine Toilette, du scheißt in die Scheune oder hinter das Haus. Ein Araber könnte sagen: Mathieu est sale!

Er lachte. On est Français, non?

Ich sagte: Das behauptest du nicht nochmal, oder ich komme nicht mehr in dein Haus.

Ça alors!

Ich komme nicht mehr in dein Haus, und du nicht in meines.

Quand même –

Ich komme nicht mehr in dein Haus.

Das war ein Gespräch vor zwanzig Jahren. Mathieu hat die *sale race* nicht wiederholt, und er hat sie seiner Schwester abgewöhnt. Heute sagt er: En principe, les Arabes sont braves.

*

Markttage in der Provinz, Basare des Südens, der Mittwoch in Buis, der Freitag in Carpentras, unverrückbar wie Jahresfeste seit vierzig Jahren, zweiundfünfzig Vormittage in Schnee oder Hitze, in Nebel, Notstand, Krieg und Streik. Die Marktstädte sind überfüllt, die Dörfer leer, langsame Autoschlangen auf allen Straßen – der älteste Lieferwagen bestimmt den Verkehr –, Cafés voller Händler am frühen Morgen, Kollegen zahlreicher Märkte gedrängt an den Tischen, man frühstückt Käse und Schinken, trinkt Wein und Kaffee, sorglose Händlerschaft, lautlustige Bauern, das singt und krakeelt wie der Vogel pfeift, wirft mit Redensarten um sich und lacht und lästert, während man Tische aufbockt und Zeltdächer spannt, Waren auf Brettern und unter Marquisen verteilt, Olivenfässer öffnet und Kleider sortiert. Erscheinungen und Gesichter wie Rituale. Der alternative Bäcker aus Séderon (türmt Rosinenkuchen und Schwarzbrot auf seinen Tisch); mein Freund, der Kräuterhändler Laget aus Buis (legt bunt etikettierte Essenzen im Kasten aus); der beleibte Supermarktkönig aus Saint Genest (zahlt im *crédit* zwei Kilo Papiergeld ein); Madame Ambrose, ein humpelndes Entlein mit Gehstock (trägt zwei Hasen im Sack zur Metzgerei).

Mélange der Gerüche schon früh am Morgen, Pizza, Paëlla, Fisch und Brathuhn und der Duft aus den Käsewagen und Bäckereien. Chansons und Rock aus Musikboxen offener Bars. Passage Boyard, Passage du Petit Cladan, und die niedrigen Holzarkaden in Tarne-les-Bains. Topfpflanzen-Areale und Honigtopf-Türme, Blumengärten auf Plätzen improvisiert, Bücherkramkarren, asiatische Spezereien, arabische Gewürze in dunklen Fuhren, Container für Werkzeuge, Töpfe, Schuhe, ein Esel mit Satteltaschen voll Kräuterpastillen, und der lärmende Käfig des Vogelhändlers Baptut. Bärtige Landbohème in farbigen Haufen, die Kitsch und Kram an Touristen verkauft, Laubsägemeister mit Kästchen und Brettchen und viel Hausmacherware aus Ton und Batik, lackierte Steine und silberner Schmuck. Dazwischen schweigsame Schwarze – Senegalesen –, die ein Syndikat auf französische Märkte schickt, mit schuhwichsgeschwärzten Masken, die keiner kauft. Simultantumult babylonischer Stimmen, himmeloffene Enge, gefüllt mit Sachen und Menschen – Pfennigfuchsern, Trödlern, Taschendieben –, hier beginnt und endet der Orient, hier verfallen Methode und Starrsinn nördlichen Handels, und der Dollar löst sich in Sonne und Schmiergeld auf. Jeder Mensch ein Märchenerzähler eigener Belange und der eine des anderen Zuhörerschaft. Ein wandernder *trobador* mit Frau und Gitarre, Hund und Pfeife, ambulante Leute, die Mathieu verneint wie Zigeuner und Zirkus, und ein Mann, der Geschichten für fünf Francs verkauft, in bunte Papiere eingerollt. Ich entrollte ein gelbes Papier und las: Eine Maus hat das Steinchen der Weisen gefunden. Sie kann es nicht fressen, so spielt sie mit ihm. Das Steinchen rollt hinter den Zaun, wo die Katze sitzt. Die Maus steht da und sagt: Was mach ich jetzt?

*

Man gibt der Neugier, bevor sie nimmt.

Man füttert den Satan mit Honig oder Fliegen, bevor sich sein Appetit regt.

Gefräßige, hydraköpfige Neugier der Bauern. Sie bekommt dasselbe Futter seit Jahr und Tag. Man erfährt von mir, daß ich Schriftsteller bin, also Schreibmaschine schreibe, *chacun son métier*. Aus Deutschland kommt das Geld, das ich hier verbrauche, le pognon, mon blé. Ich verbrauche jährlich eine Schreibmaschine und verschlinge Papier wie die Ziege Gras. Ich esse Schwarzbrot so gern wie Weißbrot, grüne Oliven so gern wie schwarze, trinke Rotwein weniger gern als Weißwein, weil er schläfrig macht und ich wach bleiben will. Ich fahre und laufe in der Landschaft herum und gehöre damit zur Folklore dieser *région*. Ich bin oft abwesend oder auf Reisen und fahre wie jeder am Donnerstag auf den Markt. Man kennt einen Bruder von mir, der hat viele Kinder, wie geht es den Kindern. Mein Renault hat Winterreifen auch im Sommer – ja, Winterreifen das ganze Jahr.

Das erfährt die Neugier von mir seit zwanzig Jahren. On se connaît, sagt Forain. Man weiß, wer ich bin.

Was Mathieu von mir wahrnimmt, ist ungewiß, doch nimmt er mehr wahr, als er durchblicken läßt. Er nimmt einen Menschen und seine Aura wahr, mit der Vorsicht des Bauern, zurückhaltend, instinktiv. Wir kannten uns flüchtig, vielleicht ein Jahr, als er sagte: Tu n'es pas orgueilleux, und ich sah, er vertraute mir, mit gedämpftem Vorschuß an Sympathie und weil ich Zusagen hielt und pünktlich war. Ich brachte ihm Schwarzwälder Strohschuhe für den Winter – er hielt sie für möglich, weil ich sie selber trug –, er trägt sie im Haus und zeigt mir, wie gut sie ihm passen, und rühmt vor Freunden das gute Geschenk. Er sieht bei mir seltsame Leute kommen und gehen, in Wagen mit Nummernschildern verschiedener Länder, ich besuche ihn mit Freunden und Frauen und kann nicht feststellen, was er denkt. Ihm scheint nichts zu entgehen, er hält jede Kleinigkeit fest, den Wagentyp, die Kleidung und Mann oder Frau, vor allem Frauen allein zu Besuch bei mir, stellt aber keine Fragen und urteilt nie. Es ist die scheinbare Diskretion des Bauern, Mathieu nimmt zur Kenntnis, was vorfällt, und wartet ab. Den Nachbarn und seiner Schwester teilt er sich mit, berichtet Tatsachen, ohne sie zu erkennen, und begnügt sich mit Merkmalen äußerer Art. *Quoi de neuf?* Eine Frage, die keine Antwort verlangt. Und er spricht ausführlich von Unbekannten, die er abends vorm Haus auf der Straße sah, will Gewißheit und fragt, ob sie meine Bekannten sind.

Er scheint nicht viel wissen zu wollen und fragt nicht viel, erkundigt sich aber nach den alltäglichen

Sachen, nach dem Unmittelbaren, das ihn selbst betrifft, die Autoreparatur, die Gesundheit und die Familie, und weist mich auf Unfälle und Begräbnisse hin. Er stellt mir, Berlin betreffend, keine Fragen, erkundigt sich nicht nach meinen Reisen, hört aber genau, was ich ihm berichte, ohne Neugier oder Verständnis, und wartet ab. Nichts Unerklärliches macht ihm zu schaffen, solange es bleibt, wo es ist, und ihn nicht bedrängt. Er weiß, daß ich arbeite, ahnt aber nicht, was das heißt, ihn beschäftigt ausschließlich die Frage nach *les pognons*. Da ich viel zu tun habe, muß ich auch viel verdienen, er bleibt dabei, *tu es riche*, da kann er nur lachen, mißtraut meinem Widerspruch, weist Erklärungen ab. Er macht nicht den kleinsten Versuch, zu begreifen, was außerhalb seiner Grenzen möglich ist. Er scheint zu vergessen, was ich ihm erzähle, realisiert nur ungern das Mitgeteilte, und ist zu faul oder außerstande, sich einzulassen auf etwas, das er nicht kennt. Wie der Hund dem zusammengerollten Igel begegnet, abschätzend, unschlüssig, mürrisch, und dann geht er weg. Was nicht anwendbar ist auf ihn und auf das, was er weiß – wie auf das, was er nicht verschmerzt oder was ihm fehlt –, wird sofort fallengelassen und hat keine Chance. Es freut ihn, und er erzählt mir gern, von Büchern gehört zu haben, die ich schreibe, erkundigt sich aber nicht, welcher Art sie sind. Ich gab ihm ein Buch, es wurde nicht mehr erwähnt. Er hat von einem Auftritt im Fernsehen erfahren, ein Fräulein der *perception* hat mich dort erkannt, und sagt *tu es fort!* und sagt es zufrieden, mit Stolz. Mit Genugtuung hört er, daß eine Arbeit gelingt. Großherzig ohne zu wissen, worum es geht. Und er stellt mit wahrhaftiger Hochachtung fest, daß ein Nachbar mehr Geld für die Ernte erhielt als er.

Mehrmals im Jahr, immer überraschend, taucht ohne Voraussetzung eine Frage auf, die ihn wochenlang, jahrelang zu beschäftigen schien, die in ihm bohrte, rumorte vielleicht ohne Grund, die er zergrübelte, wälzte und widerkäute. Er stellt das Glas hin, lehnt sich zurück und sagt: Eh bien – qu'est-ce que j'allais te dire – wer war die Frau, die dich im Mai vor drei Jahren besucht hat. Für wie viele Francs hast du den Renault verkauft und wer hat ihn jetzt.

Schön war das schwirrende laute Erzählen, der gemeinsame Frohsinn während langer Dîners, bevor *la télévision* die Küche besetzte. *La grande bouffe* an den Festen des Jahrs, an Neujahr und an Ostern, und am Ende der Ernten, im beginnenden Herbst, wenn, wie es sein soll, die Arbeit am Sonntag ruhte, die Familie des Neffen aus Savoyen kam. Als würde die Chronik des Berglandes aufgeschlagen, und zum Vorschein kommt, was hier lebte und wirklich war, hart, karg und märchenlos, aber fest umrissen, das Kommen und Gehen der Lebenden und der Toten, mit Maultiergespannen und Kutschen und Karren, überladene Lavendelfuhren, die Feuer fingen, und auf der Straße nach Lemps verbrannten, die großen Brände, der Hagel, der kälteste Winter, und die Zeit der Seidenraupen und die der Oliven und daß Janine sich im Schuppen versteckte und zum Ziegenhüten herauskam nur, wenn der Vater ihr seinen Strohhut gab.

Mit dem guten Erzählen geht es zu Ende, seit *la télévision* die üppigen Essen begleitet. Man starrt übern Löffel hinweg in schrille Programme und ruft und gestikuliert dagegen an. Mathieu stellt den Kasten ab, Janine stellt ihn an, das dürre Gespenstlein ernährt sich von dem Geflimmer. Die von Holzrauch und Licht überreizten Augen tränen. Das Köpfchen begreift nicht mehr, was es sieht.

*

Frauen sind ein verborgener Teil seines Lebens. Er begegnet einer Frau mit Respekt und Charme, ohne spürbaren Aufwand, natürlich und selbstgewiß. Junge Frauen finden ihn attraktiv. Er sieht fünfzehn Jahre jünger aus, man glaubt nicht, daß er älter als siebzig ist. Er betrachtet die schönen und jungen Frauen, galant, ohne Anzüglichkeit, sein Blick ist diskret. Unter witzereißenden Bauern bleibt er stumm. Er unterscheidet sich von anderen Männern, weil er weder Familie noch Kinder hat, unangebunden lebte und gern verschwand. Er ließ seine Schwester in der Wirtschaft zurück, sie verriegelte die Küche, bedrängt von Angst, und gab dem Hund kein Futter, das war ihr Protest. Mathieu kam und ging, wann er wollte, nach eigenem Ermessen, fuhr weite nächtliche Strecken, blieb lange aus. Seine Leidenschaften blieben verborgen, im Gerede der Leute kein Anhaltspunkt. Er kannte und kennt mehr Frauen als andere Männer, doch ist das für ihn kein Grund, sich zu produzieren – *on ne fait pas le malin*. Er ist von Enttäuschung und Vorurteil frei, behält sein Teil für sich und hat nichts versäumt. Seine Schwester kichert, wenn man von Frauen redet, er fährt ihr über den Mund, und das Hexlein schweigt.

J'ai pas mal sauté dans ma vie, putain di diou! Dann blieb er hängen an einer Frau im Dorf, das spielt sich im Freien ab, und man kann es sehen, doch ist das keine Affaire, die man erzählt.

*

Der einzelne Bauer hat keine Biografie. Das erfahre ich, seit ich mit Bauern lebe, in der Nachbarschaft alter Familien im Hinterland. Er hat wie jeder ein Dasein oder ein Leben, doch ergibt sich daraus keine Folge von Biografie, kein Bild der Geschichte, kein Spiegel der Zeit. Er wird geboren, lebt am Ort und stirbt. Seine Biografie sind die Daten auf seinem Grabstein und vielleicht eine Fotografie unter trübem Glas. Wenn man vom Bauern spricht nach seinem Tod, wird er in den Familien *le pauvre* genannt. Auch Mathieu wird *le pauvre* heißen, der arme Mathieu. In der Drôme scheint die Zeit nicht viel verändert zu haben, und Mathieu stellt keine Ausnahme dar. Das Dasein wird bestimmt durch Gewohnheit und Gleichmaß und unterbrochen, auf wenig persönliche Weise, durch Militärdienst, Krankheit und Hospital, Traktor- und Sägeunfälle und Sturz vom Baum, Geburten, Hochzeiten, Irrsinn, Inzest und Mord, im Dasein von Mathieu kommt nichts davon vor. Die Geschichte des einzelnen hat nicht viel zu besagen, sie beginnt, profiliert sich und endet am gleichen Ort. Was im Land überlebt, sind die Namen alter Familien, der Charakter eines Clans, der ererbte Besitz.

Ich weiß von Mathieu, was er mir erzählte, auf meine Fragen hin verschwieg oder preisgab, was gemeinsame Nachbarn und seine Schwester erwähnen und was man am Ort und im Umkreis zu hören bekommt, im meridionalen, schallenden Gallimathias, durch Indiskretion in der Bar und im Küchengeflüster, und was die alltägliche Nachbarschaft offenbart. Es ergibt sich daraus das gewöhnliche Bild eines Bauern, dem nichts zu wählen und wünschen übrig blieb. Es ist die Gestalt eines Mannes ohne Familie, er lebt mit seiner Schwester, mehr weiß man nicht.

Während ich an Person und Erscheinung denke, sitzt er hundert Meter weiter in seinem Gehöft. Vom Bericht, den ich schreiben werde, erfährt er nichts. Er ging oft Schafe hütend am Haus vorbei, von Wespen und Fliegen des Sommerabends umschwirrt, während ich Zeichnungen machte im kühlen Haus. Ich ging vielleicht zu ihm auf die Wiese, und man trank Bier im Schatten des Baums. Ich blieb vielleicht ganz gern in dem kühlen Raum und ließ vielleicht ganz gern die Herde vorbei, die Hunde, die Glocken, den fliegengeplagten Mathieu, und hörte Buxtehude, trank kalten Wein. Er saß an der Straße und ruhte sich aus an einem Sonntagmittag nach dem Dîner, und ich schnitt mein Zinkblech mit entzündetem Arm. Ich begann vielleicht, nach Wochen verfehlter Versuche, die fünfte Version eines neuen Buchs, und er stand in der Hundstagshitze und schnitt Lavandin. Ich war oder bin befreundet mit manchem Gauner, mit Gastwirten, Autohändlern und namhaften Dichtern, mit Geschäftsleuten, Handwerkern, Ärzten und Professoren, doch war das Entgegengesetzte nie so deutlich – in Herkunft, Arbeit, Sprache und Überzeugung –, und das Mögliche nie erstaunlicher als mit Mathieu.

Er lebt im Haus seiner Herkunft und seiner Geburt. Hier verbringt er sein Leben, hier wird er sterben – im eigenen Bett, das wünscht er, er spricht davon –, hier wurde er vierundsiebzig Jahre alt. Das Gehöft liegt am Nordhang, von Linden und Zedern umgeben, die Gebirgsstraße steigt in gerader Linie vorbei, ein kurzer Fahrweg führt auf das Hoftor zu, es wird wie alle Türen am Abend geschlossen. Am Tag steht es offen, man sieht Geräte und Traktor, daneben ist die Garage, in ihr der Wagen, fünfundneunzig PS, ein geräumiger alter Renault. Das Gehöft ist älter als Menschengedenken, dreihundert Sommer und Winter sind nicht zuviel, Gewölbe und Mauern meterdick aus Stein, die Anbauten Stein und Holz, die Hofmauer Stein, die Anlage bildet ein Rechteck, der Hof ein Quadrat. Zur Küche hinauf führen steinerne Stufen, ein Klapptor mit Fliegengitter, dahinter die Tür. Im Hof sind die Katzen und die Hühner, die Futtertöpfe und Holz unter schrägem Dach. Zum Haus gehört eine Quelle mit zwei Fontänen, das Wasser strömt stockdick aus bemoosten Röhren und fließt unterm Haus in die Hänge fort. Ein Garten am Haus mit Gemüse und herbstlichen Blumen, ein steiles Kartoffelfeld, zu Fuß zu erreichen, ein Lindenhain, der im Juni geerntet wird, und ein steiniger Vorplatz, dort schläft im Schatten der Hund. Ein zweites Tor verbindet das Haus mit den Brunnen, dort wachsen die ersten Veilchen im Nachwinterlicht, in den warmen Tagen des März, unter Rauhreif und Tau. Von Oktober bis März kommt wenig Sonne hin. Der steile, weite Berghang verstellt den Süden, die kürzesten Tage des Jahrs liegen tief im Schatten, die längsten Nächte sind klar, voll vibrierender Sterne, die Mathieu als Zeichen guten Wetters bemerkt. Am Mittag erscheint die Sonne für anderthalb Stunden, eine weiße, blendende Scheibe, die nicht erwärmt, doch steht man gern eine Weile in diesem Licht. Zum Haus gehörte ein überdachter Holzplatz, ein Taubenturm, der seit vierzig Jahren verfällt, ein Gerätehaus am versiegten Bachbett, eine eigene Lavendelmühle und eine Remise, die restlos vom Boden verschwunden sind. Coquin di diou, les temps sont fous. Mathieu erinnert sich, er spricht Patois, das erloschene Runzelgesicht seiner Schwester belebt sich, das ist nicht Nostalgie, sondern tiefes Erstaunen, daß dies alles vorhanden war und verschwinden konnte, tatsächlich verschwunden ist in nichts als Zeit. Eh oui, on est vieux. Das Erinnern macht die Geschwister zu glücklichen Freunden und weil ich frage, fragend weitersprehe, zieht ein Essen sich weit über Mittag hin oder lang in die Nacht hinein, bis ich endlich verschwinde, mit der Taschenlampe die steinigen Hänge hinauf.

Mathieu war der zweite Sohn, das jüngste Kind, er war nie was anderes als *le benjamin*, vier ältere Schwestern sind verheiratet worden, mit Angestellten und Handwerkern in der Provinz, eine Schwester lebt, sie besucht ihn zweimal im Jahr. Die jüngste der Schwestern, acht Jahre älter, blieb im Haus zurück wie er, aus welchem Grund. Aus welchem Grund, sagt Mathieu und schweigt irritiert. *Je vais te dire quelque chose – c'est comme ça. C'était toujours comme ça, rien à faire.* Ich erfahre von Eigensinn und Schönheit des Mädchens – Janine quietscht vor Vergnügen wie eine Tür – zigeunerhaft dunkle, flinke Schnepfe, ein altes Foto wird aus der Kommode geholt, ein giggerndes hexisches Fleischlein, sie giggert noch heute, die jeden Verehrer zurückwies bis keiner mehr wollte, die im Hof des *Hotel Richaud* bis zum Umfallen tanzte, den Kerlen die Köpfe verdrehte, ein böses Vergnügen – ja boshaft, hochmütig, eitel, das kann man sagen – sie hat jeden geküßt und mit keinem geschlafen, kein Mann war ihr reich oder schön und *prestige* genug. Dann verschwanden die Männer bei anderen Frauen, die Koketterie ließ das Hexlein fallen, sie blieb zurück, wurde älter, verschwand im Haus, beansprucht von Arbeit, alltägliche Cinderella, sie hütete die Schafe und wusch und kochte, kümmerte sich um die Hühner, Hunde, Hasen, fütterte die Maultiere, fegte die Böden, heizte den Küchenofen vor Tag im Winter, erkrankte nie – man erinnert sich nicht, daß Janine im Bett blieb oder zu Ärzten ging. Sie lebte weltfern, wunderlich wie keine, nun redet sie mit sich selbst und, wer weiß, mit dem Hausgeist, in einer Sprache, die nur der Hund versteht. So wurde sie unscheinbar älter jeden Tag, jedes Jahr ein Jahr älter und am Ende alt. Sie hält Zigaretten versteckt und raucht und lacht – ich versorgte sie jahrelang mit Gauloises –, steht am Junitag schmal unterm breiten Hut in der Sonne, ein Ebenbild ihrer Mutter, so grau und greis, so klapperhaft dürr und still, daß kein Mensch sie sieht.

Sie regiert in der Küche, verhält sich dort ganz normal, in der Intimität mit dem Herd, dem Geschirr, dem Souper. Seit einigen Jahren knurrt sie, das wird immer lauter, rebelliert gegen ihren Bruder und will nicht mehr. Sie wäscht den Salat nicht, kocht keine Wäsche mehr, nein – o non! J'suis fatiguée, j'suis vieille, j'veux plus! Und sie stellt die Kasserolle in den Schrank zurück. Die Gelenke schmerzen, die Augen tropfen, sie bleibt morgens im Bett, so lange sie will. Sie bleibt morgens im Bett und fertig, j'reste au lit. Mathieu der Diktator lacht, er scheint nicht zu begreifen, daß ihr Protest aus dem Sterben kommt.

Er ist auf den Tod seiner Schwester nicht gefaßt, auf das eigene Alter nicht vorbereitet und läßt keine

Einsicht in ein Ende zu. Seine Schwester lebt, mehr braucht man nicht. Und kommt nicht der Tod, kommen Siechtum und Ohnmacht, das arbeitsame Gespenstlein kann nicht mehr, verweigert Nahrung und Licht und schläft vor dem Ofen, liegt in ihrer Kammer, Wand an Wand mit dem Schuppen, wo die Kleider, Lavendelflaschen und Vorräte sind. Und der Hausdiktator Mathieu, was macht er dann? Das fragte ich vor fünf Jahren, wir teilten die Vesper, er hatte mir eine Fuhre Ziegel gebracht; Mathieu der Diktator, was macht er dann? Er hob das Glas und blickte in seinen Wein. Qu'est-ce que tu veux que je fasse, je fais rien; ich geh nach Nyons ins Altenhaus. Ich sah, er wußte nicht, was er sagte, in einem Altenhaus war er nie gewesen, vom Inhalt des Satzes machte er sich kein Bild. Ich sagte: Nimm einen Jungen ins Haus, mach die Arbeit mit ihm, gib ihm Essen und Geld, gewöhne ihn an dein Haus, damit er bleibt. Der Gedanke gefiel ihm, er dankte und sagte: Das kann ich nicht; man ist nicht daran gewöhnt.

Mathieu ist außerstande, sich zu behelfen. Er hat kein Essen gekocht, keinen Mantel gereinigt, kein Geschirr, kein Glas, keine Wäsche gewaschen, keine Treppe gefegt und keinen Ofen geheizt. Er kann sich nicht helfen und hilft seiner Schwester nicht. Er ist zu den Einkäufen auf den Markt gefahren – an Donnerstagen steht seine Garage leer –, hat

Fleisch und Fisch, Geschirr und Besen besorgt, Batterien, Kleider, Schrot für die Jagd und Schuhe, Winterjacken, Oliven und salzloses Weißbrot und Wein in Zwölfliterbehältern und Öl und Sekt, und kann sich nicht helfen. Er hat Schafe gekauft, gepflegt, geschoren, Dächer repariert und Hasen geschossen, Luzerne und Kirschen verkauft und sein Geld kassiert, Messer geschliffen – der Schleifstein steht hinter der Scheune –, die Sprossen der Leiter ersetzt und Sensen gedengelt, er hat sein Leben lang Holz gesägt und geschlagen, vom Gebirge geschafft und im Hof geschichtet und steht in der Küche wie der *dumme Jean*, hält einen abgerissenen Knopf in der Hand.

Combel Mathieu ist hier zur Schule gegangen, das ist über sechzig Jahre her, mit Geschwistern und Nachbarkindern hangab, hangauf, auf steilen Wegen durch Nußbaumböden und Gras. Das Schulhaus liegt an der *Route Nationale* – sie führt durch die Alpen ins Piemonte, und nach Westen zur Rhône, in die Ardèche und nach Avignon –, ein genormter Bau in allen Dörfern der Drôme wie die Brücken und Straßen des Canton, vor hundert Jahren einheitlich geprägt; ein grauer Trakt, zwei Etagen und eine Remise, die obere Etage wurde vom Lehrer bewohnt, mit roten Ziegeln gefaßte Fenster und Türen, der Hof ein Karree auf drei Seiten von Mauer umgeben, ein Eisentor, zwei Linden und zwei Toiletten, französische Privés, nach Geschlechtern getrennt. Der Schulraum war hoch und hell, voll enger Bänke, die Klassen wurden gemeinsam unterrichtet, sieben mal drei Kinder aus dreizehn Familien, im Alter von sechs bis vierzehn Jahren. Man lernte das Alphabet und das Einmaleins, die Geschichte der *Grande Nation* und ihrer Triumphe, ihrer Könige, Kolonien und Revolutionen – Indoktrination eines hochnationalen Bewußtseins, es hat – sagt De Gaulle – keinen besseren Staat je gegeben, jedes Schulkind ein ganzer Franzose, blasiert und mißachtend, was nicht französisch ist und in Frankreich lebt. Dazu wurde viel gesungen, Chansons und Folklore, und die Marseillaise als Inbegriff der Musik. Die christliche Erziehung war immer katholisch, eine kirchliche Tradition, besorgt vom *curé*. Man fuhr mit dem Pferdegespann und danach mit dem Auto an Sonntagvormittagen zur Messe ins Dorf. Nach dem Zweiten Weltkrieg gab man den Kirchgang auf, ein paar alte Frauen blieben dem Sonntag treu, die Männer sind, wofür sie sich halten, links, verachten oder verweigern den Segen der Kirche und betrachten die Religion als trübes Relikt. Le curé bewohnte allein das verfallene Pfarrhaus, einen klassizistischen Bau am Hang unterm Friedhof, dahinter die Kirche, sinister, ein öder Pomp, und ein Vorplatz mit Treppen und Malven am Rand des Dorfs. Le curé verstarb nach sechzigjähriger Amtszeit, ein vertrockneter Greis von neunzig Jahren, Chronist der Lokalgeschichte und ihrer Daten, Herausgeber alter Texte aus eigenen Archiven, ein Geizkragen, der an Kleidung und Feuerholz sparte, verwahrlost in kalten Räumen zugrunde ging. In gläubigen Familien aß er sich durch und kassierte am Jahresende das Pflichtgeld der Seelen, und Wäsche, Kartoffeln, Obst und Wein. Seit dem Tod des curé steht das Pfarrhaus leer, die Stelle wird verwaltet von Ordensbrüdern, die Seelsorge weder für möglich noch nötig halten und nur bei Beerdigungen zur Stelle sind.

Das war für Mathieu wie für jeden die ganze Bildung, Fundament und Basis der Existenz. Mathieu kann rechnen und etwas schreiben, ohne sichere Orthographie, in wackelnder Schrift, und liest die lokale Zeitung *Le Dauphiné*. Alles weitere lernte er in der Familie, die Natur, die Arbeit, die Landwirtschaft und die Rhetorik, die Geschlechter der Tiere und das eigene, die Liebe und *faire l'amour* in Gebüsch und Gras. Die Liebe des Bauern ist direkt, Hose runter und auf die Frau, er lernte nicht Zartheit, Koketterie und Spiel, und ist fest überzeugt, daß der Franzose – er allein hat, wie man hört, die Frau geschaffen – der beste und stärkste aller Liebhaber ist. Nach der Hochzeit verschwand die Frau in der Familie. Ihr Dasein war *maternité* und karge Liebe, ihr gehörten die Innenräume ländlichen Lebens, die Küche, die Nahrung, der Garten und alles Feine, was Gefühl und Seele hieß und sogar die Kunst.

Die Gesetze des Bauernlebens sind unerbittlich. Sie verhaften den einzelnen in Haus und Familie, die Familie im Ort, die Gemeinde im Kollektiv. Das Dasein spielt sich vor aller Augen ab – jeder Nachbar ist Zeuge –, es wird in Geflüster verwickelt, von Haß entstellt. Der Bauer des Südens ist großmäulig, lautstark und feige, seine Feigheit die natürliche Folge des Lebens: Er verbringt seine ganze Zeit auf demselben Fleck, der Nachbar auch, und man muß miteinander leben, auf Nachbarschaft angewiesen, in scheinbarem Frieden, der den Totschlag verhindert, die Koexistenz garantiert. Man verhält sich passiv, so bleibt man frei. Man bleibt mit der Wahrheit hinterm Berg, exponiert sich nicht und läßt geschehn, was geschieht. So wichtig scheint das alles nicht zu sein. Man existiert in ausbalanciertem Stillstand, und Vorsicht und Gleichgültigkeit sind seine Gewähr. Janine hat ihre Nachbarin nie besucht. Monsieur Montlahuc war nie in der Küche Combel. Daran ist nichts Sonderbares, c'est comme ça. Mit Rücksicht und Feingefühl hat das nichts zu tun, doch urteilt man ungern und verurteilt selten, hat keine Chance, dem Nachbarn was vorzugaukeln, und setzt in der Öffentlichkeit keine Maske auf.

Mathieu lebt in diesen Zwängen als freier Mensch. Er macht, was er will, und behauptet, das sei privat. Die *réputation*, eine Hauptsorge dieses Daseins, spielt für ihn keine Rolle, er befürchtet nichts. Sein natürlicher Stolz lehnt Hochmut und Falschspiel ab. Er ist vorsichtig, klug und gerissen, ein ganzer Bauer, stellt aber keine Fallen und trägt nichts nach. Er verschleiert seine Geschäfte, sein Geld bleibt obskur, er sagt: Das Geld und die Frauen sind privat. Sein Bestand an Vorurteilen ist kleiner geworden. Er versteht – der Widerspruch kam von mir –, daß der farbige Mensch kein Barbar und kein Dummkopf ist. Die Religion ist kein Gelächter mehr wert, wer glaubt soll glauben, ihm ist jeder Glaube fremd, er kennt weder Götter noch Geister, sein Jenseits ist leer. Auch sind die Deutschen – das scheint ihm durch mich bewiesen – nicht nur Kriegsanstifter, Faschisten und tüchtige *boches*. Der Deutsche ist wie der Franzose ein Mensch, was sonst, nicht anders als der Asiate und Araber auch. Seit er *Holocaust* in der *télé* entdeckte, und mir glaubt, daß Monsieur Bernstein, *le juif*, da drin war, respektiert er ihn und gönnt ihm sein Geld. Der Krieg war Krieg und Gewalt, jetzt verabscheut er ihn. Er kennt die Verbrechen der Zeitgeschichte, doch behauptet er gern, das alles passiert nicht hier. Sein Gefühl für Gerechtigkeit ist fest fundiert. Vor leidenden Menschen zieht er sich stumm zurück, das ist seine Ratlosigkeit und sein Respekt.

Der Krieg war kein Bruch in der Gleichförmigkeit dieses Lebens. Die Landwirtschaft ging weiter, die Frauen regierten (und hatten auf Lebensmittelkarten kein Recht). Der Vater war für die Armee zu alt, und Mathieu, als der jüngste Sohn, vom *service* befreit. Im Hinterland war von Entbehrung nicht viel zu spüren, doch gibt es Charaktere, die gern behaupten, man habe entbehrt und gehungert wie andere auch. Nicht täglich kam Fleisch auf den Tisch, das war die Misere. Und es erforderte Geduld, meinen Freund zu überzeugen, daß er nicht litt. Man hatte Hühner und Hasen, Kartoffeln und Nüsse, und hortete Eingemachtes in seinem Gewölbe. Die Besatzung machte hier selten halt, auf der Landstraße fuhren Patrouillen vorüber, und deutsche Soldaten, sehr höfliche, saubere Leute, kauften Eier und Käse für bares Geld. Sie waren viel freundlicher als die eigenen Leute, die kamen nachts wie die Füchse vom Berg und klauten, und das, Monsieur, hat ein Deutscher hier nicht gemacht. Man lebte in offenem Stillstand und kollaborierte, doch wurde kein Mensch denunziert, verschleppt, erschossen. In Dorf und Umgebung befand sich kein Hinterhalt. Die *Résistance* hockte in den Bergen, in entlegenen Häusern verschanzt, und hielt sich still. Hier wurde einmal ein Transport überfallen, dabei kein Franzose getötet, kein Boche fusiliert. *La drôle de guerre*, die Erschießungen und Revanchen, fanden weiter entfernt und im Norden statt. Man erfuhr von *maquisards*, auf Plätzen erschossen, von Soldaten und Frauen in einer Scheune verbrannt. Aber in Villededon passierte das nicht.

Vor dem Ende des Kriegs verschwand Mathieu. Er folgte der *Résistance* nach Chartouse-les-Fontaines, sechzig Kilometer zu Fuß, drei *copains* und er, auf Jägerpfaden quer durch die Drôme. Drei Wochen verbrachte er in Gemeinschaft von Männern, jungen Bauern des Hinterlandes wie er, in der Ausbildung für den Maquis aber ohne Folgen, der persönliche Einsatz blieb ihm erspart – ich habe, sagt Mathieu, keine Knochen gespalten –, und er kehrte auf gleichem Weg nach Hause zurück. Im Gebüsch versteckt sah er einem Massaker zu. Das waren Franzosen – nicht Deutsche – mit ein paar Frauen, nach dem Krieg erfuhr man, daß es Polinnen waren. Sie wurden geprügelt, mißbraucht, erwürgt und in die Schluchten der Oule gerollt. Drei Tage später war der Krieg vorbei. Victoire und gloire de la France, ô Résistance! Mathieu nahm nicht teil am Besäufnis der Sieger. Sein nüchterner Stolz verfiel diesem Jubel nicht. Die kollektive Genugtuung stieß ihn ab. Der *boche* war besiegt, das Hinterland frei, und er lebte als Bauer wie vorher.

Es begann das stetige Dasein, von nichts unterbrochen, die langen, langsamen Jahre, durch nichts beschleunigt, von einem Tag zum anderen, von Nacht zu Nacht, durch die Jahreszeiten und Ernten und Jahr für Jahr, und durch die Jahrzehnte. Es gab noch nicht den Verbrauch durch Zeit, die Zeit entstand später, als er sechzig war und die Schwester grau und klein zu werden begann. Er sagte: *Tout change, tu verras, mais on a le temps.* Meer der Zeit, Fluß der Zeit, o Wüste der Zeiten! Von Beschwörung der Zeit hat Mathieu nie erfahren, und er scheint nicht zu wissen, daß es Gedichte gibt. Das französische Wort *poésie* ist ihm nicht bekannt. Er kennt noch den Namen *Victor Hugo*, eine Straße wurde nach dem benannt. Ungeheure Gewißheit des Immergleichen – der Märkte und Ernten und Tode der anderen, der herbstlichen Jagden, der Reparaturen im Schafstall, der Langeweile in frostigen Wintern, *wenn der Rabe sich über den Schneehang schwingt abends im Januar.* Die erste Elektrosäge, das letzte Maultier, das erste Farbfernsehen und der erste Traktor, und die letzte Lavendelernte mit Sicheln und Säcken. Danach *la retraite*, der Verkauf aller Schafe und Ziegen, die Vereinfachung von *le travail* auf das Maß seiner Kräfte – seine erste Pfirsichplantage, sein letztes Heu. Ein Feld in den Bergen versteppt, ein Stück Wald wird verkauft. Die Politik bestimmt dieses Leben nicht, sein anarchischer Grundstein liegt tief und fest.

Mathieu ißt und trinkt gern, lacht gern und amüsiert sich; er redet und schweigt und mokiert sich gern; freut sich gern und grübelt allein auf den Feldern; betrachtet Frauen und atmet und arbeitet gern, pfeift oft vor sich hin.

※

Wir aßen in einem Bistro im Hinterland. Nachts fuhren wir im Regen durch das Gebirge, es gefällt ihm, von mir gefahren zu werden. Er hatte getrunken und sprach von sich, zugetan und offen, gedämpfter als sonst, wie ihm das in der eigenen Küche nicht möglich ist. Ich freute mich, denn ich hatte das schon erlebt, an meinem Tisch, in der Bar, beim Lavendelverladen. Mathieu erklärte, daß er nicht müde sei. Du hast es gut, daß du schläfst. Ich schlafe nicht.

Das ist doch unmöglich. Du schläfst.

Moi, je dors guère, ich schlafe kaum.

Vielleicht weißt du nicht, daß du schläfst, das kommt häufig vor. So wie du nicht weißt, daß du träumst.

Qu'est-ce que tu veux, je dors mal. Manchmal gegen Morgen höre ich, daß ich schnarche, c'est tout.

Ich fragte ihn, ob er krank sei, an Störungen leide.

Mais non, c'est pas ça, das ist es nicht! Es ist – je ne sais pas – c'est le souci.

Es ist die Sorge, ich fragte nicht, was das sei. Andere klagen und reden, er redete nicht, er schlug einen Felsen aus dem Berg. Er stand mit dem schweren Gestein alleine da. Seine Sorge ist alt wie sein Dasein und älter, alt wie der Hof, die Quelle, die Zedern vorm Haus. Das sind die Toten, die hier nur dem Friedhof gehören, das unlösbare Leben allein und mit seiner Schwester, die Versäumnisse seines Lebens und ein paar Frauen und das lange, immer längere Übrigsein, der Verkauf seiner Ernten, die Steuern und *le pognon*, die Reparaturen von Traktor, Hausdach und Scheune, der Zustand der Felder, der schwindende Holzvorrat. Die Sorge ist sein Alter und Älterwerden, der Tod und die schleichende Furcht vor Krankheit und Schmerz, der Blutdruck, die Medikamente, der Gang zum Arzt. Um seine Seele macht er sich keine Sorgen, und Himmel und Hölle sind ihm egal. Es ist nicht die nackte oder verkleidete Angst. *Spleen, ennui, angoisse* – das sind die Schlüsselwörter im Wortschatz der anderen, *des autres*. Seine Sorge ist irdisch, konkret und alles umfassend, zur Sorge gehört sogar sein Hund. Zu ihr gehört das Nichtbegreifen des Bauern und was er nicht wissen will und nicht erkennt: die Katastrophen der Zukunft –

aber nicht hier! – und was ihm vermittelt wird auch durch mich, nicht gebraucht, nicht verwendbar und nicht zu gewinnen, vielleicht die Liebe, der Reichtum, der Glanz von Paris – er war nur in Avignon und Marseille. *C'est le souci*, und was jedem den Boden entzieht, egal ob er Bauer oder Professor ist.

Ich sagte: Wenn du wachliegst, laß eine Kerze brennen, das beruhigt die Augen und Nerven, vielleicht schläfst du ein.

Mathieu wurde wieder laut und lachte. *Une riche idée*, mais – c'est comme ça.

*

Madame Janine, klein, kleiner, am kleinsten, achtzig Jahre alt und verschwindend klein, Küchengeist, dürres Hexlein, zartknochige Motte.

Bevor ich zu ihr in die Küche komme, höre ich von weitem ihr Selbstgespräch, laut, atemlos, lästernd, und kündige mich durch Geräusche an – Tritt gegen den Futtertopf des Hundes –, dann steht sie in der Küche und blickt mir entgegen, man trinkt Kaffee am Tisch und beklagt ihre Leiden, die Rückenschmerzen, das Rheuma, die tränenden Augen, sie bereitet das Essen vor und erklärt ihre Mühe, ich war auf dem Postamt und erzähle vom Dorf. Davon lebt sie, daß jemand kommt und von draußen berichtet. Das belebt die Bilder, die sie von früher kennt.

Seit zwanzig Jahren verläßt sie den Hof nicht mehr. Sie erscheint wie die Schwalbe, die durch ein Fenster ins Haus flog, den Rückweg nicht findet und im Zwielicht sitzt. Die Isolation hat das Hexlein das Fürchten gelehrt. Sie mißtraut der Welt da draußen voll schrecklicher Sachen, glaubt an Schlechtwettergeister, Gefahr und Unheil und fürchtet Mörder, Araber, Gelbe und Fremde – nur das Haus bewahrt sie davor, gefressen zu werden. Als Mathieu einmal nicht wie gewohnt zum Nachtessen da war, rief sie an, verstört, und bat mich zu kommen. Mathieu schlug Holz im Gebirge, ich fuhr sie hin, der Rohrspatz beschimpfte den Riesen, der Riese schwieg, und brachte sie schnell auf dem Traktor ins Haus zurück.

Sie sitzt tagelang unbeschäftigt in der Küche, legt Holz im Herd nach und raucht und seufzt. Was geht in ihr vor, sie selber begreift es nicht. Vielleicht ist der Eisschrank ihr Feind, der Holzkorb ihr Freund. Und die Rolle des Wochenkalenders in ihrem Leben, des Thermometers, der Streichhölzer und der Schuhe, der Schüsseln und Eimer; und die Fahrzeuge, die sie auf der Straße hört; die Bedeutung der Katzen und des Katzenfutters, der Mäuse und Wespen, Spinnen, Siebenschläfer. Man kann nicht wissen, mit welchen Bildern sie lebt, im Durcheinander von Traum und Gedanke, Erinnerung, Wahn und Obsession. Ein Geschöpf verschwindet in sich selbst, und man erfährt nicht, was es dort macht.

*

Bonjour Victor, Voyou aus dem Hinterland, asoziales Großmaul, Monsieur EDF! Der Gruß gilt Victor, einem Gauner aus Villededon. Er war der Bruder von Mathieu und Janine.

Wurde geboren und lebte am Ort wie sie, ziegenhütender Faulpelz und Tartarin, der Janine mit Visionen der eigenen Zukunft betörte, die Hosentaschen voll Kleingeld, das kam dazu, das Woher und Wohin seines Geldes hieß *pas de problème*.

Wenig ansprechend, aber menschenähnlich. Victor war kaum schlauer als eine Ziege, nicht viel attraktiver als ein Lemur und weniger sauber als der Hund im Hof – *und das sage ich, der ich kein Menschenverächter bin*. Starke Backenknochen, asiatische Züge, unreine dunkle Haut und krauses Haar. Kleiner eckiger Kopf mit niederer Stirn. Plattgesicht mit stumpfer Nase, Visage des Schlägers, ramponiertes Kinn. Gang des Matrosen, stark abgewinkelte Arme, die linke Hand verkrümmt, zwei versteifte Finger, als Folge eines Unfalls – welcher Art. Eine kleine Carambolage in Avignon – was war passiert – er schweigt sich aus. Die Stimme ist roh, seine Ausdrucksweise gewöhnlich, ein einfaches Patois und viel Urgeräusch ohne Inhalt, das nur seine Schwester und der Hund verstehen. Er bezeichnet als *crétin*, wer ihm nicht gefällt, und man fragt sich, wie kommt die Familie zu diesem Victor. Er gleicht keinem anderen. Auf zarte Andeutung hin sagt Mathieu – *tu parles*! Aber Gott, der Schöpfer, beschert, wie wir wissen, noch dem geringsten Geschöpf eine gute Seite, und so ist auch Victor nicht vergessen worden. Das Wunder will: Er ist heiter und singt. Der Faulpelz raucht und schläft am meisten, ißt und trinkt am meisten, und singt am meisten. Er pfeift wie ein schräger Vogel im Straßenorchester, seine Schwester Janine ist in ihn verliebt und liebt und beschwört ihn, solange sie lebt. Gotteufels leibeigene Drossel, ein Antigracioso, der unbeschadet die heiterste Laune verbreitet, er trällert, brummt und summt und gluckst und gluckert, und flirrt und fabelt und singt, was singt er denn. Oh, er singt, er singt bloß, was soll er denn singen, und singt auch Chansons, Militärmärsche und Schmonzetten, und es ist ihm egal, was er singt, weil er einfach singt. Janine liebt alles, was er verlauten läßt.

> Je te donne
> toute ma vie
> tu me fais
> un bon prix
> mon amour!

Er geht ins Militär, als er achtzehn ist, verbringt da drin ein paar folgsame Jahre, die er später als große Zeit seiner Laufbahn verklärt. Aus der Kaserne kommt er nicht nach Haus, er schlägt sich nach Avignon durch und was er dort macht, und weiter nach Nîmes und Marseille und wovon er dort lebt, und landet zuletzt in Toulon und was hält ihn dort fest. Die Familie Combel erfährt und redet herum, daß Victor gutes Geld an der Côte verdient, denn er hat einen Job bei *Électricité De France*. Victor, das ist die Legende *EDF*, Familie und Hinterland sind zufrieden mit ihm. So geht das ein paar Jahre, und nichts passiert. Ein kleiner Bauunternehmer aus Villededon, der einen Lastwagen und auch mal Arbeit hat, kommt als Wintertourist nach Toulon und begegnet Victor. Das hat der Zufall gewollt, nicht der Bauunternehmer, und nicht Victor. Und Armand, der Wintertourist, bemerkt mit Vergnügen, daß Monsieur *EDF* – man saß in derselben Schule – ganz andere Interessen an der Côte verfolgt, offensichtlich gut eingelebt und mit Bravour: Er kümmert sich um zwei Damen im Umkreis des Hafens – Zentrum der Marine und voll von Matrosen –, das heißt, er bewährt sich als Zuhälter zweier Nutten und bietet Armand, dem *collègue*, ihre Dienste an. Ob Armand sich bedient, bleibt dahingestellt, er berichtete mir die Geschichte bei einem Picknick, zur Trüffel- und Pilzsaison in den Wäldern von

Bourg. Ob Monsieur *EDF* Diskretion wünscht, ist nicht überliefert. Armand hat keine Bedenken und sagt, was er weiß, das kursiert im Hinterland und erreicht die Familie. Sie bestreitet die *cochonnerie* des Bauunternehmers, und wer darauf anspielt, wird abgefertigt – *tu parles*! Victor bleibt Monsieur *EDF*, ein honoriger Bursche, der solides Geld an beachtlicher Stelle verdient. Wenn er zu Hause auftaucht, dann fein mit Krawatte, zur Beerdigung seiner Eltern und aus Versehen, das ist in zehn Jahren viermal der Fall. Andere Freunde besuchen ihn in der Absicht, von der Ware zu profitieren, die er lanciert. Sie bestätigen, daß Armand kein Aufschneider ist.

Nach wievielen Jahren, an einem Septemberabend, kommt Monsieur *EDF* – ein verlorener Sohn? – zurück. Der Autocar hat ihn befördert von Avignon. Er trägt zwei leichte Koffer und einen Sack. Er ist etwas *fatigué* und älter geworden, kaum fünfundfünfzig Jahre bei diesem Erscheinen, und verkündet seinen Geschwistern, Mathieu und Janine, daß er nun zu Hause bleibt und ihr Leben teilt. Janine, die ihm alles glaubt und gewährt, ist glücklich, Mathieu ist gespalten und wartet ab, in Zukunft beherrscht und beneidet er seinen Bruder, und wenn der redet, kriegt er aufs Maul – *tu parles*! Victor fällt solide und singend zurück in die Herkunft, Monsieur *EDF* vorzeitig im Ruhestand. Bei

Gelegenheit erfährt man – durch wen und wann –, daß Victor aus Toulon verwiesen – Stadtverbot. Falls er dort nochmal auftaucht, kassiert man ihn, er verliert seinen Paß und kann sehen, wo er bleibt.

Ich lernte ihn am Abend der Heimkehr kennen, sein Gepäck stand ungeöffnet in der Küche, und es war der Beginn einer weiteren Nachbarschaft. Victor war *fumeur total*, trois paquets par jour, ich brachte ihm *tabac gris* und Papierchen zum Drehen, er wartete an der Straße und zahlte bar. Er verschlief, verrauchte, vertrank sein Leben, auf den Stock gestützt, von Hund und Schafen umgeben, singend und pfeifend wie immer und guter Laune, von Mathieu beargwöhnt, geliebt von Janine, ohne Nutzen für sich oder andere bis auf die Schafe, die er leise pfeifend über die Hänge trieb. Wir waren vertraute Nachbarn und gute Bekannte, und ich lud ihn nach Montélimar zum Ostermarkt ein. Wir schossen viel künstliches Federvieh von der Stange, er war der Gewinner und lobte sich sehr. Ich lud ihn zum Essen ein, mein Kleingeld war größer, und wir befreundeten uns beim Apéritif. Er fiel danach in die Arme eines Kollegen – *pied-noir* aus Marokko, ein Freund seiner frühen Geschäfte –, ich verlor das Paar aus den Augen und fuhr nach Haus. Victor kam zwei Tage später, stark mitgenommen, mit zerschlagener Klappe, und verschwand im Bett. Danach erschien er wieder mit Hund und Herde, rauchend und singend, auf den Stock gestützt, und lebte drei weitere Jahre, zuletzt in der Küche, hustend und spuckend wie ein verräucherter Teufel, am Vorabend seines Todes noch summend und pfeifend, und starb bei Bewußtsein in einer Nacht im März, an einer Bronchialkatastrophe, Janine war bei ihm.

Beigesetzt auf dem Friedhof der Gemeinde.

Pauvre Victor.

※

Es gibt im Hinterland alte Frauen, Großmütter, Witwen, vorm Ersten Weltkrieg geboren, aufgewachsen als fünftes von sieben Kindern, in bescheidenen Bauernfamilien der Belle Époque, die zwölf Jahre alt aus der Dorfschule kamen, dann Schafe hüteten und Kleider wuschen, auf die Landmärkte mitgenommen von ihren Brüdern, in laternenbehängten Einspännern schlafend, zwischen Kirschen, Kartoffeln, gefesselten Hühnern – dann an Bauern verheiratet wurden und Kinder bekamen, in nicht heizbaren Kammern lebten und heißen Küchen, unscheinbare Frauen, die nie *la région* verließen, durch Gerüchte und Hörensagen informiert, ihre Männer zurückerwartend nach dem Krieg – so einer kam montags aus deutscher Gefangenschaft und hackte am Dienstag Unkraut auf seinem Feld –, alte Frauen, die Ziegen hüten, Lavendel schneiden und Öfen heizen, dürre Gestalten, verlederte narbige Hände, gütige Augen.

Es sind Frauen von wahrer Höflichkeit – die *la langue française* für sie bereithielt –, lebendige, kluge Gesichter und herzliche Stimmen, in vollkommenen einfachen Sätzen sprechend, aufmerksam, taktvoll, mit spürbarem Feingefühl, atmend in lautloser Würde und sicherem Instinkt.

Eine alte Bäuerin an der Straße sagte, man hat gehört, es gibt Bücher von mir auf Französisch, und nun kennt man sich schon so lange – zwanzig Jahre? – und ob sie ein Buch zum Lesen geborgt bekommt.

Ich brachte ihr eine Erzählung und hörte nichts mehr, obwohl ich sie täglich mit den Ziegen sah. Zwei Monate später erschien sie mit Stock und Korb, in der Sommerendwärme bergauf, kein einfacher Weg. Ich bat sie an meinen Tisch, und sie packte aus – Salate, Tomaten und Sellerie aus dem Garten, Eier und Blumen auf meine Papiere gelegt. Wir unterhielten uns über die Lage – die Ernten, das Wetter, die Krankheiten und die Enkel –, danach übergab sie mir das Buch, vom Boden des Korbs, in drei Tüten gewickelt, und sagte: *Monsieur Meckel, je comprends que vous êtes un poète.*

Etwas Schöneres habe ich nicht oft erlebt.

*

Mathieu stand schwitzend im Lavendelfeld, nahm den Hut vom Kopf und entdeckte ein Etikett – *fabriqué en Chine*. Sein Hut kam aus China? Das hatte er nicht gewußt. Er hatte das Ding als französische Ware gekauft, vom französischen Händler auf seinem französischen Markt. Am gleichen Tag überprüfte er, was er besaß, die Geräte, Werkzeuge, Kleider in seinem Besitz, die Maschinen, Sicheln und Leitern und überhaupt alles, was als einzelnes Ding, zusammengekauft und notwendig, sein französisches Haus seit Jahrzehnten füllte.

Was er dabei entdeckte, verblüffte ihn. Die ererbten Sachen waren französischer Herkunft, die Standuhr in der Küche, die Möbel, die Wäsche, die alte Einbaumleiter und Lampe und Herd. Alles andere, also das meiste, war *la pagaille*, ein Durcheinander aus weltweiter Produktion. Das Jagdgewehr kam aus Belgien, die Sicheln und Messer aus Deutschland, verschiedene Bürsten und Seifen aus Spanien und Deutschland. Ein Hammer und sämtliche Nägel aus Polen? Polen. Und die Gummistiefel, der Wettermantel, die Strümpfe – mal italienisch, mal holländisch oder französisch. Benzinkanister und Korkenzieher aus Spanien, der Taschenrechner aus Japan, der Wecker aus – *Switzerland?* Weingläser aus der Lorraine und Einmachgläser aus Schweden. Und was er im Supermarkt kaufte, dann aß und verbrauchte, aus Israel oder

Marokko, Zitronen aus Algier, verschiedene deutsche und italienische Biere, Sardinen aus Spanien, Bananen nicht zu entziffern, columbianische Unterwäsche, Gewürz aus Cayenne.

    Mathieu durchlief in dreitagelangen Recherchen alle Stadien von Staunen, Zorn, Rebellion und Enttäuschung und beendete resigniert diese wilde Jagd. Ein halbes Lachen blieb übrig, als er sagte: Jetzt versteh ich, warum kein Mensch meine Kirschen kauft. Und die Lindenblüte, die Nüsse – was krieg ich dafür. Die Politik sagt dem Bauern: Dafür kriegst du nichts. Und was passiert in Salettes-du-Rhône? *La coopérative* kassiert die Pfirsichernte, die wie immer in Kisten verpackt da hintransportiert wird, zahlt den Bauern *trois sous* und vernichtet die Ernte vor ihren Augen – warum? Damit der Import aus Spanien klappt.

    Und das kann ich dir sagen, mein lieber Freund, es hat keinen Sinn mehr, Bauer zu sein.

*

Seit Mathieu seine Schafe verkauft hat – il touche la retraite –, fährt er gern an Nachmittagen mit mir durch das Land. Er erzählt von alten Familien, nennt ihre Namen – Bertrand, auf der Jagd verunglückt, das heißt erschossen; Barotto, ein Vetter des Bäckers, kauft seine Kartoffeln; das Haus von Juliette, die verschwand und drei Kinder zurückließ; und am Hang über Pons ein blaues Chalet, Besitz eines beinamputierten Kochs, von dem es heißt, daß er im Gefängnis saß. Ich zeige ihm Straßen und Fahrwege, die er nicht kennt, er war nie in Orpierre, also fahren wir nach Orpierre, besichtigen ein Denkmal und zwanzig Platanen und trinken Bier in der einzigen Bar. Er war nie in Carouge, kennt aber Denis, einen Jäger, von dem hat er Lord und Patteau, seine Hunde, gekauft. Also fahren wir nach Carouge und besuchen Denis. Er kommentiert den Zustand von Höfen und Feldern, nennt die Namen von Pflanzen, die ich nicht kenne, und zeigt mir die *combe obscure* vor Valonne, dort schoß er allein ein Wildschwein, drei Zentner schwer. Er zeigt mir die Jäger- und Wildpfade an den Hängen, die Pappel am Fluß, wo der Deserteur sich erhängte, und die Farm Volvent, eine Höhle der Résistance, von Deutschen zusammengeschossen, seither im Verfall. Im Vorbeifahren sieht er eine Herde, schätzt die Anzahl der Tiere und täuscht sich nicht. Wir halten an, steigen aus und zählen Ziegen – achtundvierzig Ziegen, Mathieu hat fünfzig geschätzt. Danach trinkt man Bier in der Bar bei Valonne, sie ist sonderbar dunkel und immer leer, woran mag das liegen, egal, la pression est fraîche. Ich liefere ihn bei seiner Schwester ab, und er freut sich, wieder zu Hause zu sein, bei seinem alten Traktor und seinem

Hund. Er freut sich, das Hoftor zu schließen, die Suppe zu essen und die Welt zu vergessen in Télévision und Nacht.

*

Ein paar Dinge, die Mathieu akzeptiert hat.
Die tägliche Frage nach seiner Arbeit, weil sie keine rhetorische Frage ist –
meine Ansicht zur Politik auch des Hinterlandes, zu Import, Export und Konkurrenz seiner Waren, obwohl seiner Meinung oft entgegengesetzt –
meine Besuche an Regentagen, das Befragtwerden und Erzählen am Küchentisch –
meine Besuche an Wintertagen, weil ich mich in der Küche aufwärmen will –
Honig, Rauchspeck, Biskuit und Wein, aus verschiedenen Ländern mitgebracht –
die einfache Tatsache, daß Schwarzbrot kein Futter für arme Leute ist –
meine Hilfe bei Sägearbeiten im Hof, beim Lavendelverladen und Ausmisten der Ställe und daß man einander chauffiert, wenn der Wagen kaputt ist –
mein erleuchtetes Fenster hoch am Berg, wenn dort in den Nächten gearbeitet wird –
meinen Vorschlag, die Hosenbeine zu kürzen, einfach abzuschneiden mit der Schere, die Hose ist alt, die Hitze barbarisch, und er fährt in der Kniehose auf dem Traktor vor –

daß Franzosen nicht besser als Norweger oder Griechen, Koreaner nicht dümmer als Finnen und Provençalen und Juden Leute wie alle anderen sind –
daß die dicke Fernande nicht frißt, sondern drüsenkrank ist –
und daß ich, weil er es nicht macht und nie getan hat, seiner Schwester kleine Geschenke bringe, ein Fläschchen Parfüm, einen weichen Kuchen, den das zahnlose Geistlein mümmeln kann –
daß ich seine Briefe und Briefumschläge – an Versicherung und Gemeinde – auf meiner Schreibmaschine für ihn schreibe –
daß mich Patteau, sein Hund, auf die Berge begleitet –
und vieles mehr.

*

Wer als Gast in die Küche kommt, muß etwas trinken. Qu'est-ce qu'on te paye, was möchtest du trinken. Kann sein, man kommt aus der Bar und hat genug, vielleicht etwas Quellwasser wäre gut. Mathieu steht am Tisch und starrt mich an, ungläubig, ratlos – Wasser? – mais non! Er zählt an den Fingern auf, was man trinken kann: un canon, une cannette, un pastis, un sirop, un café – alors? Um des einfachen Friedens willen ein Glas Wein. Sofort kommen Gläser auf den Tisch, mit frischem Geschirrtuch nachpoliert, und das Gewohnte nimmt seinen Lauf, man sitzt um den Tisch und spricht und trinkt. Dasselbe beim Essen. Mathieu hat mich eingeladen, mit ihm zu dinieren, Janine, die das Essen bereitet, wird nicht erwähnt. Ohne Wein und Weißbrot kein déjeuner. *Mange! On a le temps.* Die endlose Essenszeit füllt sich mit Apéritiven, mit Salaten, Schinken, Omeletten und Bohnen, Huhn und Rebhuhn, Hasen – und Wildschweinbraten, mit Käseplatte, Biskuit und Eis, Likör und Sekt oder Schnaps und zuletzt Kaffee. Erlösende kleine Tasse, ein schwarzer Kaffee.

Heilige Diktatur der Gastlichkeit. Man unterliegt ihr, essend und trinkend, dann weniger essend und langsamer trinkend, und hält sich zuletzt am Kaffeetäßchen fest. Es sind die großen Momente der Nachbarschaft. Der Gast geht übersättigt still vom Platz. Mathieu, der Gastgeber, bleibt als Sieger dort.

*

Ländliche Stille gibt es nicht mehr. Sie ist in Verkehr und Tourismus verlorengegangen, in der Technisierung der Landwirtschaft, in Verfall und Zersiedelung der agrarischen Drôme. Sie wurde besinnungslos zugrunde gerichtet, vom nervösen französischen Fortschrittstempo verschluckt, dem Profit lokaler Eliten zum Opfer gebracht. Sie ist

Luxus, Traum oder Nostalgie, und wo sie noch vorkommt, mehr Zufall als Zustand, sehr selten eine Gewißheit, in der man lebt.

Es gibt stille alte Dörfer in der Provinz, an ihrer Erscheinung hat sich nichts geändert, so sieht sie der Reisende mit flüchtigem Blick. Ein Hügel mit Kirche, daneben der Friedhof, ein Vorplatz mit Linde und fließendem Brunnen, Malven staubig und hoch vor besonnten Mauern, geschlossene Fensterläden in Wind oder Hitze, und Blumengärten am Weg in das Hinterland. Diese Dörfer sind tot, weil die Bauern verschwunden sind. Städter und Ausländer bauen die Häuser aus, *maisons secondaires* für die Wochenenden und Ferien. Die Besitzer kommen in schweren Wagen, im Gepolter unangefochtener Arroganz, und bilden fremde Nester im Land. Ob Handwerker, Bauern, Hausbesitzer – kein Mensch sägt einen Ast mit dem Fuchsschwanz ab. Jeden Handgriff ersetzt ein neues Gerät, und der kleinste Motor macht den stärksten Krach. Man sägt, mäht und erntet mit eigener Maschine, stutzt Büsche und Bäume, hebt Gräben aus, transportiert ein paar Ziegel, die man tragen könnte, und veranstaltet Krach & Getöse, soviel man will. Für den Bauern ist Lärm Gesundheit, Beweis für Leben – es wird etwas unternommen, es ist was los.

Der Obstanbau im Gebirge, von Wäldern umgeben, wird gegen Wildschwein und Fuchs geschützt. Im Donner der Selbstschußanlagen vergeht der Schlaf, ihr Echo fliegt im Gebirge her und hin. Die Nächte und Dämmerungen sind kaputt, wie die Kriegsnächte meiner Kindheit beklemmend laut, man liegt wach und erwartet den nächsten Schuß. Es werden Wälder gerodet ohne Grund und Fahrwege ohne Grund durch die Berge geschoben, der Staat beschäftigt seine Angestellten, und dafür ist jede Art der Verwüstung gut. Auch die Lindenblütenernte bringt ihren Krach. Man sitzt mit dem Kofferradio in eigenen Bäumen, und hört, ohne hinzuhören, die täglichen Sender, das Idiotenprogramm der Nation schallt durch Berg und Tal. Die Manöver der Armee explodieren im Himmel, im Getöse von Düsenmaschinen vibriert das Haus.

Ist einmal Stille zu hören und auch zu sehen, geschieht einen Tag lang nichts, was die Sinne verstört, kann man sicher sein, daß die Lärmgewalt wieder losbricht, an unerwarteter Stelle, mit neuen Maschinen, in absurder Absicht, auf unabsehbare Zeit. Aber tief im Winter, wenn nicht gearbeitet wird, der Schneefall geistert, der Regen strömt, das Gebirge liegt kahl in der Kälte, die Straßen sind leer, der Mistral zischt in den Nadelruten der Zeder und das Land scheint unverändert seit 200 Jahren – dann entsteht eine Stille ohne Vergleich, lautlos wie Licht und Zeit, bei Tag und bei Nacht (unterbrochen vom Lieferwagen des Hilfsarbeiters, der als einziger übers Gebirge fährt). Dasselbe an heißen Tagen im Sommer. Der Lichtnebel – *Glast* – liegt schwarz auf den Horizonten, die Vögel sind stumm, die Siesta schläft – dann bricht, für wie lange, eine Stille aus, von der man behauptet, sie sei einmal immer gewesen.

*

Mathieu saß im Autowrack im Gebirge und schoß Bekassinen in der Dämmerung. Das ist fünfundzwanzig Jahre her.

Er hatte das Glas aus der Fassung geschlagen und das angelegte Gewehr mit Laub getarnt. Dem Bruder Victor blieb der Sitz verwehrt, weil er rauchte und sang, auch während der Jagd. So erlegte Mathieu Hunderte Wachteln in einem Winter, Unzahl von Rebhühnern, Drosseln, Fasanen und Tauben. Sie wurden zubereitet von seiner Schwester, mit Knoblauch, Olivenöl, Thymian und Rotwein, und was übrig blieb, kam auf den Markt nach Nyons. Man fuhr in fünf Lieferwagen auf die Pässe und erschoß, was die Hunde aus den Schluchten scheuchten, Wildschweine und Hasen.

Die Zeit großer Jagden ist vorbei. Bekassinen und Wachteln gibt es nicht mehr. Der übrige einzelne Hase kommt zu Ruhm, wer hat ihn zuletzt gesichtet, wann und wo. Der Hase ist das Thema aller Gespräche, die Jägerschaft irrt durch Geröll und Buschwald, die Hunde jaulen, und nichts geschieht. Der Hase, das Miststück, hat sich abgesetzt. Mathieu resigniert, *la chasse* ist kein Pulver mehr wert. Nur selten steigt er mit seinem Gewehr durch *les landes* – es hängt in der Küche neben der Standuhr –, imitiert aus Gewohnheit Jagd, Jäger und Jagen und kommt am Mittag ohne Fleisch nach Haus. *Plus de gibier*. Das *sanglier de passage* ist die letzte Beute, durchziehendes Wildschwein zwischen Alpen und Rhône. Die Drôme war seit Menschengedenken Transitgebiet. Hier zogen die Heere und die Händler durch, aus dem Piemonte zur Rhône, aus Grenoble nach Aix, die Pilgerzüge aus dem Burgund nach Rom, die Zigeuner, die deutsche Besatzung und der Tourist – und zuletzt das Wildschwein auf eigenen Wegen im Busch. Die Killerpassion des Bauern ist ungebrochen, solange ein Rebhuhn schwirrt, ein Karnickel rennt. Er ist der Wilddieb auf eigenem und fremdem Gelände, setzt Schlingfallen zwischen die Büsche, legt Tellereisen, und hängt den zerfetzten Fuchs an der Straße auf. Tausende leerer Kartuschen bedecken die Pfade. Er killt die letzte Schnepfe diesseits der Alpen, knallt auf Meisen und Dachse und lamentiert, daß kein Wild mehr in seinen Wäldern lebt.

Die Jagdsaison wird im September eröffnet, mit

Picknick der Jäger und Tontauben-Schießen am Fluß. Die Scheibe fliegt über das Flußbett, zerscherbt in der Luft, fällt in Wasser und Kies. Das Echo der Schüsse flappt gegen die Felsen, Musik und Gelächter sind hörbar bis in die Nacht. An einem Oktobersonntag beginnt die Jagd. Die gesamte Jägerschaft ist schon nachts auf den Beinen und pirscht und schleicht und ballert im Frühlicht herum, in Gruppen und einzeln hinter den Hunden her. Man schießt aus Prinzip auf alles, was sich bewegt, die Jagdunfälle passieren am ersten Tag. Falls ein Stück Wild noch frei in den Bergen lebt, wird es an diesem Morgen zur Strecke gebracht. Die Hänge sind unbegehbar auch für die Hunde, der angeschossene Hase entkommt im Geröll, das verletzte Rebhuhn taumelt auf einen Felsen, und das Wildschwein verblutet in einer Schlucht. Man versammelt sich auf dem Gebirgspaß, macht Feuer und redet, eine pittoreske Gesellschaft befreundeter Helden, in Wetter- und Wildniskleidung und farbigen Stiefeln, mit Patronengürteln, Hüten, Hundepfeifen, und vergißt für Momente, daß die Beute fehlt. Man ißt und trinkt und trinkt eine Weile weiter, pfeift die Hunde zurück und fährt nach Haus, gestärkt und angeheitert zum déjeuner.

Einmal im Jahr, zu Beginn des Sommers, findet das Jahresessen der Jäger statt, arrangiert von der einzigen Jägerin der région, – laut lachendes Ziegengesicht mit bedrohlichen Zähnen –, an ausgesuchter Stelle im Hinterland. Das bevorzugte Restaurant weiß die Ehre zu schätzen und serviert dem Jäger Meeresfrüchte in Massen, Muscheln, Hummern, Garnelen, Filets und Forellen, schönfarbige Thunfischpasteten und Fisch in Aspik. Man kann auch an eine Fischwurst geraten – undurchschaubare Qualität, entsetzliches Futter –, die gern und mit fetter Sauce verschlungen wird. Dazu reißt man Weißbrot und trinkt oder säuft vin rouge.

Die Jäger treffen mit Frauen und Freunden ein, das zieht sich mit Apéritif eine Stunde hin, dann tischt man sich ein und tafelt bis nachts um drei, auf lange Bänke gedrängt, bestrahlt von Neon, in Gesellschaft von Bauern, die hier nur Jäger sind. Die gewohnte Redegewalt setzt bei Ankunft ein – sechzig Männer und dreißig Frauen, vielleicht ein Kind – und steigert sich ununterbrochen in Trunksucht und Rausch, im Eklat des Prostens, Pfeifens, Schulterschlagens, des Über-die-Tische-Brüllens und Fischköpfe-Werfens, des Gelächters der Brotkugelschützen und Witzeerzähler und des viehischsten Lachens, das ich je hörte, der blutigsten Jagdanekdoten, des dreckigsten Beifalls, Rücksicht auf Frauen ist hier nicht bekannt. Man erbricht Gelächter und klatscht seiner Frau auf den Hintern, allein Mathieu sitzt ruhig in diesem Getöse, lacht ungefähr mit, bleibt nüchtern und bricht früh auf. Der Briefträger aus Belcombe präsentiert ein Liedchen, das die Schönheit der Frau zur Provence in Beziehung setzt, erhält seinen Beifall, betrinkt sich und fällt in Schlaf. Auf den Nachhausefahrten wird weitergesungen, über Menge, Wert und Geschmack des Essen geurteilt, und bestätigt, daß zweihundert Francs dem Vergnügen entspricht. Die Streifen der Gendarmerie sind alarmiert, man erwartet die Singenden hinter bestimmten Kurven, winkt sie ohne Halt und Kontrolle vorüber oder läßt in die Tüte blasen und kassiert *le permis*. Das Nachtmahl der Jäger ist ein Ereignis des Landes, man spricht noch nach Jahren von diesem und jenem Menu.

*

Jean der Trinker. Sein Anblick ist im Ort zur Gewohnheit geworden. Er verbringt den Tag im Café am Platz, auf dem Hocker an der Theke zusammengesunken, und trinkt nacheinander Pastis und Wein. Nikotin greift an, aber Alkohol konserviert, er hat die Devise erfunden und lebt danach, hat das Rauchen aufgegeben und ist nun frei, den bewahrenden Kräften des Alkohols zugewandt. Die geleerten Gläser zählt er nicht, doch nimmt man an, daß er täglich auf dreißig kommt. Jean ist jetzt klapprig, ein Greis mit fünfzig Jahren, von Herzattacken geschwächt, am Krückstock schleichend, und es ist noch nicht lange her, da war er dick, so rund und prall, daß man ihn besichtigen kam, eine schwer bewegliche Tonne mit purpurnem Kopf. Das linke Auge zugeschwollen, die Haare fettig und kraus im Genick, ein heruntergekommener Barockfürst und Wappenlöwe, passiv und still und freundlich an seinem Platz, ein rundes schönes Gesicht von hilfloser Güte, großer Esser, Faulpelz, Zeittotschläger, als Gemeindediener untauglich und bald entlassen. Sein Alibi, eine Schubkarre, stand vorm Café und wurde von dort, wie man sagt, nie fortbewegt. Ihm gehörte ein Garten am Rand des Dorfs, er enthielt, was alle Gärten enthalten, Tomaten und Kürbisse, Gurken, Zwiebeln und ein geräumiges, schönes Kartoffelfeld. Ein Sommer kam, da stellte sich heraus: Jean war zu dick für die Arbeit geworden, er konnte sich nicht mehr bükken, der Bauch stieß ans Knie, und er kam nicht mehr an die Kartoffeln heran. Er versuchte noch, sitzend zu ernten, kam nicht weit und gab die Kartoffelernte auf. Er ging zu Mathieu und bat ihn, sein Feld zu ernten, Mathieu lehnte ab. Er kam wieder und bat Mathieu um Kartoffeln, Mathieu lehnte ab. Kann man denn sicher sein, daß du bezahlst. Ich verkaufe dir nichts, du hast selber Kartoffeln. Ich sag dir: Nimm dreißig Kilo ab, dann kommst du an deine Kartoffeln heran. Kein Kartoffelpflanzer in Villededon überließ ein Kartöffelchen dem dicken Jean. Er resignierte erleichtert, verkaufte den Garten und vertrank mit altem Elan das neue Geld.

Einmal lebte bei ihm eine junge Frau. Sie liebte ihn, das sah man, und wollte ihn retten. Sie verbot ihm das Café und er randalierte, sie verbot ihm Flasche und Glas und er prügelte sie. Sie lief davon, eine blonde Deutsche, Lichterscheinung seines Lebens, die in seinem Gemurmel weiterlebt.

Nach mehreren Herz- und Kreislaufattacken, und aus wechselnden Hospitälern der Drôme, kam Jean immer dünner in die Bar zurück, so schwach, daß er Hilfe brauchte beim Kaufen und Tragen, Gehen und Reden, Trinken und Essen. Er fand sie in einem Kumpan der schwärzesten Sorte, aus dem Norden zugelaufener Trinker und Taumler, ein Parasit, der als Handlanger Bettelgeld macht. Er war dünn wie Jean, als er kam, und ist jetzt so dick, wie Jean als Kartoffelgärtner vor Jahren war. Sie hausen im alten Haus, das Jean gehört, Herberge der unheiligen Trinker, neben dem Pfarrhaus mit abgeschlossener Tür.

Was weiß man von Jean. Daß er anschreiben läßt. Daß er Schulden hat im Café, sonst weiß man nicht viel, und daß er vor seiner Mutter sterben wird, sie lebt im Dorf und begegnet ihm nicht. Seine Geschwister leben auch im Dorf.

Hat er denn etwas gelernt. Man erinnert sich nicht.

Jeder Tag, den Jean im Café verbringt, ist der Epilog eines Menschen, den man nicht kennt, ein Refrain der Ballade von Jean dem Trinker, Jean dem Untüchtigen, Dicken, Dünnen, Jean dem Verlorenen.

*

In den ersten Apriltagen ist der Kuckuck da. Er ruft, anfangs zögernd, hoch überm Geröll in den Felsen, dann lauter, länger und näher am Haus. Er ist unscheinbar grau, kein Mensch hier hat ihn gesehen. An einem Regentag kommt die Nachtigall. Sie ist, wie der Kuckuck, bis Ende Juni zu hören, ihr Gurgeln, Schnalzen und Schlagen füllt alle Nächte, klingt laut aus den dichten Gehölzen im Quellgebiet, unerschöpfliches Jubilieren, das schlaflos macht. *(Nachtigallen kann auf die Dauer nur ertragen, wer schwerhörig ist).* Schwalben und Mauersegler bauen Nester am Haus, und im Gras die Katze erwartet den Tag, wenn ein junger Vogel herunterfällt, auf dem ersten Flugversuch zwischen Nest und Baum. Die heißen Wochen des Sommers sind leer und still, nur die Fledermaus schwirrt durch die Höfe im Zwielicht, Eule und Käuzchen rufen in der Nacht. Nach dem zehnten September sammeln sich die Schwalben, kreisen und gleiten in

Schwärmen über den Hängen und sind eines Morgens nicht mehr da. Die Raubvögel und die Elstern sind immer da, Raben und Krähen in Nebel und Schnee.

*

Nach Gewittern und warmen Regen erscheint die Kröte, überquert die Straße und wird überfahren. Sie tappt durch das Gras hinterm Haus und verschwindet am Hang. Die Schlange, vorüberrieselnd, wird überfahren, der Jäger killt alles, was er erwischt. Die Nachtluft flimmert von Glühwürmchen, Faltern und Fliegen, Moskitos und Motten. Katzen, Hasen und Mäuse unterwegs, die Maus flitzt gerade und schnell wie ein Bällchen weg. Und das ist der Fuchs: Er blickt, auf der Straße stehend, dem Fahrzeug entgegen, bringt es zum Stehen und trottet weg, voll Hohn, wie es aussieht, gemächlich, und fürchtet nichts.

*

Blumen, Blumen im Land der Steine, der Felsen und Erosionen, des Stechginsters und der Dornen. Blumen, weil es keine Blumen gibt, weil hier ohne Blumen Farbe und Schönheit fehlt. Es sind die Frauen, Gärtnerinnen, die Blumen lieben.

Malven überall, an Fahrwegen und vor Hauswänden, am Rand der Dorfplätze, mattes Hochzeitsweiß und staubiger Purpur, und von Regenwasser schwer in die Straßen gebogen. Rosen an Hausmauern und in Gärten, Rosen an den Rändern der Weinfelder, locken Ungeziefer aus dem Wein. Glyzinien, von Gartenmauern hängend, altjungferblaßblau, welker süßer Duft. Die Dörfer in den Bergen sind Blumentopfreviere, Balkone und Treppen voller Blumen, bescheidenes häusliches Rot und Blau, Veilchen und Tulpen. Wenn an den Abenden gegossen wird, tropft Wasser schwärzlich von Stufen und Mauern. Weiße und mattviolette Dolden des Flieders. Bauerngärten im Herbst, dicht üppig feucht voller Dahlien, Gladiolen und Astern, und die schwarzen Köpfe der Sonnenblumen.

*

Mehrmals im Jahr wiederholte sich ein Gespräch mit Mathieu. Das war in den ersten Jahren der Nachbarschaft. Mir war klar, daß es wiederholt werden mußte, in gleicher Tonart, ausführlich und ernst.

Der Anlaß waren Berichte meiner Reisen oder Kommentare zu Fernsehnachrichten, die man gemeinsam in der Küche sah. In Bewunderung, Neid und Resignation, darin ganz offen und wie immer laut, rief Mathieu zu mir übern Tisch gebeugt: *Toi, tu roules, tu connais les gens* – ja, du bist unterwegs und kennst die Leute, du kennst Sprachen und fährst nach Paris, wenn du Lust hast – aber ich, wenn ich einen Brief schreibe – j'arrive pas, moi!

Ich unterbrach ihn, er wehrte ab – *laisse-moi parler*. Und er redete sich aus der Seele, was sich seit Wochen in ihr gesammelt hatte: *Moi, tu me connais* – du kennst mich, ich bin immer hier, wie man sagt ein Bauer, der in der Erde wühlt, Kartoffeln, Lavendel, Schafe – nie draußen gewesen, qu'est-ce que tu veux, j'suis comme ça.

Es lag nun an mir zu bestätigen, daß das Gesagte auf ihn wie auf mich zutraf, aber – laisse-moi parler – jetzt war ich es, der sagte: Kein Mensch kennt die Gegend hier besser als du. Ich bin zwar rumgekommen, aber hier kennst du dich aus, nicht ich. Du kannst Dächer reparieren, ich nicht, du weißt, daß mir da oben schwindlig wird. Du hast die besten Lavendelfelder der région, und davon verstehe ich nichts. Von Schafen, Lindenblüte, Holz und elektrischer Säge habe ich keine Ahnung. Du bist der Traktorfahrer, nicht ich. Ich zählte weiter alle Motive auf, die ich nicht verstand oder nicht beherrschte (eine gutgemeinte Verschleierung, denn ich hatte mich als Arbeiter und Faktotum in der Schwarzwälder Landwirtschaft bewährt). Während ich ihn, seine Gestalt und sein Hinterlandleben ausführlich vor ihm aufbaute und er mir genau zuhörte, verschwand seine Melancholie, und er stimmte zu. *D'accord, t'as raison.* Du hast recht, so ist es. Und wir waren beide zufrieden mit unserem Gespräch und dem guten Ende.

*

Das hat etwas an sich, an Markttagen, wenn sie erscheinen, in den ländlichen alten Orten mit ihren Vehikeln, Landrover-Charaktere mit Urvaterbärten, entstreßte Großmannsfiguren in Shorts und Khaki, zivile Besatzungsgewalt zwischen Vence und Vinsobres, die Party- und Bouleplatz-Athleten mit ihren Frauen, ondulierten Swimmingpool-Nymphen und flotten Fleischlein, studierten Shopping-Kids aus Sorbonne oder Harvard, imposant nonchalant die Phalangen der Clans & Cliquen, *jeunesse dorée totale* im Schutz ihrer Konten, aus Zürich, Paris, Amsterdam, aus London und München, der Sonne ausgesetzt dieses fernen Landes, provençalischen Obstgarten-Wüsten und Weinberg-Savannen, den verwunschenen Schlaglochpisten im Tal der Rhône, der Ureinwohnerschaft mit der drolligen Mundart, ihren reizvoll-barbarischen Sitten und Freßlust-Betrieben, ihrem café noir, ihrem Wein, ihrem Apéritif.

Ich stand mit Mathieu an der Straße vorm Hof, am heißen Sommerabend Mitte August – da erschien vereinzelt, in Gruppen, zu Fuß und auf Pferden, die komplette Parade vom Bergpaß heruntergetrabt, das Ensemble der Schlapphüte, Milchbärte, Slips und Bikinis, Entblößte und Sonnenversengte in Crème und Seide, Parfüm und Sonnenbrillen der Modetouristik, des gewöhnlichen Playboys schweißnasse Entourage. Das trödelte barfuß und in Sandalen vorüber, wie die Schafherde pladdernd auf warmem Asphalt, gefolgt von zwei Jeeps mit Gepäck und dezenter Musik.

Mathieu sah das kommen und gehen, belustigt, zweifelnd, und sprach zusammenfassend den einen Satz: *C'est formidable, la télévision se promène.*

※

Les landes, das sind unbeanspruchte Teile der Landschaft, nicht mehr verwendete oder nie gebrauchte, Gegenden ohne Gebäude, Wege, Felder, sich selbst überlassene Gebiete aus Fels und Geröll, Erosionen und Dornen, Palimpsest der Natur, ein menschenleerer Bereich, in dem die Tiere sind und die Füchse bellen, verschattete Schluchten und Steilhänge ohne Zugang, Wildnis, *les landes,* die neu entsteht, wenn Wege und Rodungen wieder verfallen, uralte Weinfelder unter Ginster verschwinden, eine Ziegenprärie an den Hängen versteppt. Unter *les landes,* die den Ort umgeben, liegen, nicht mehr erinnert, jahrtausendalte Kulturen, Pflanzungen,

Straßen, Gehöfte, Kartausen und Schlösser, sie sind in der Zeit verschwunden mit ihren Namen, es gibt hier Burgruinen, und niemand kann sagen (und keine Chronik hielt fest), wer dort residierte, die Bauern versklavte, die Reisenden überfiel. Ich bin hier der einzige, der durch *les landes* zu Fuß geht, mit Stock und Stiefel, auf niemandes Spur. Wer die Böden nicht kennt, kommt in Gefahr. Das Gras verbirgt Baumstümpfe, Abstürze, Löcher, in Geröllhaufen leben Vipern, grau wie Geröll, und unter weichen Moosen steckt spitzes Gestein. Wälle aus Dorn stehen undurchdringbar am Berghang, es versickern Wasserläufe, der Sand gibt nach. In der unzugänglichen Weite bin ich allein, ohne Absicht unterwegs in Hitze und Schnee. Ich entdeckte Wildpfade, Raubvogelnester und Wege, die vor zweihundert Jahren über den Bergpaß führten, überwachsene Fundamente von Höfen und Ställen, verfallene Brunnenhäuser, versiegte Quellen, im aufgerissenen Moos einen Topf aus Emaille, einen tausendjährigen Backstein, ein stumpfes Stück Glas. Ich habe Gemarkungen in der Öde entdeckt, von Witterung ausgelaugte, nicht lesbare Zahlen, bemooste Namen vergessener Besitze, vor dreihundert Jahren in der erreichbaren Welt. Ich stieß auf Exkrementenlöcher der Dachse, auf Schädel von Gemsen und Füchsen im wilden Lavendel, auf Wildschweinknochen im Ginster und – *gottlos ent-*

legen – auf verblichene Bleche und Holzschilder *chasse gardée*. Mein Alleinsein im Unwegsamen ist Illusion, und was ich mir zugänglich mache, ist offenes Land. Im Herbst sind die Jäger und Pilzsammler da, die Trüffelsucher mit ihren Hunden (trainierte Tiere, die häufig verschwinden, das heißt gestohlen werden, wer weiß von wem). Der Petrefaktensammler geht durch den Busch, der Imker stellt Bienenhäuser in Lichtungen auf. Telegrafenmasten stehn in versteppten Schneisen, die Überlandleitung wurde nach Norden verlegt. Und Wegewanderer lichtscheu unterwegs, was als *vauriens* und Gesindel verschrien ist, (in Bauernküchen gefürchtet wie Frost im Mai), ein einzelner unterwegs mit Stock und Beutel, in stinkender Kleidung und ausgetretenen Schuhen. Er übernachtet in aufgegebenen Ställen, überwintert in leeren Landhäusern fern vom Weg. Er ißt, was er findet, säuft aus allen Flaschen, nimmt Kleider, Konserven, Seife mit, hinterläßt seinen Abfall und ist verschwunden, bevor der Besitzer im Frühling kommt. Ihn ehrt, kann man sagen, daß er nichts zerstört. Er ist Teil dieser Wildnis. Es gibt die Erzählung vom Flüchtling, der sich versteckt hielt und nachts wie der Fuchs vom Berg kam und Hühner stahl. Es gibt den Nachbarn Jerôme, ein verrufener Wilddieb, und es gibt seine Drahtschlaufe im Gebüsch (sie zieht sich um den Hals des Hasen zusammen), und Tellereisen am Zugang des Felsenkamins. Ein Zementsack wurde vom Mistral ins Ödland geweht, eine Mütze vom Jäger vergessen, das läßt sich erklären, zurückgelassene Dessous von Liebesleuten, aber wie kommt eine Henkeltasse – unbeschädigt, coelinblau, aus Porzellan – in das weit entlegene Hochland von Lavandons, in das sich außer mir kein Mensch verirrt. Rätselhaft – eine Elster verlor sie im Flug?

Die Chronik einer Bergpinie in Garogne (ich hätte sie vor neunzig Jahren geschrieben) enthielte seit fünfhundert Jahren das immergleiche: Die Wiederkehr der Jahrzeit mit allen Extremen – Jahrhundertfröste, Südstürme, Trockenzeiten, ein paar Waldbrände an benachbarten Hängen, die Geräusche der Tiere, Warnschrei und Flügelschlag, und in zwanzig Sommern einmal ein einzelner Mensch, der mühsam, warum, einen Weg durch den Wildwuchs sucht. Und seit wenigen Jahren eine neue Erscheinung: zur Zeit der Herbstmanöver ein Helicopter, der über die Pinie flappt, daß die Äste schaukeln.

*

Monsieur Lombard ist ein freundlicher Greis. Wie alt, er lacht, sehr alt, das raten Sie nicht! Er ist nicht nur schlau, sondern heiter, ein *Lieblicher Berg*. Ja, wenn es im Ort einen klugen Bauern gibt, dann ist es der unscheinbare Monsieur Lombard. Kein Mensch kann sagen, wodurch seine Klugheit sich ausdrückt. Oh, er hat Charme wie kein andrer, und wenn er sich freut, lacht er sorglos und hell mit dem ganzen Gesicht. Es ist das gute Gesicht eines Mannes, der ein ehrenwertes Leben hinter sich hat. Die Züge sind rauh und klar und die Blicke offen, hinzu kommt: Er war acht Jahrzehnte lang nur gesund. Und er hat, wie es aussieht, nichts Widriges je getan. Er blieb von Haß, Verdacht und Nachrede frei. Da meint man, der Mensch muß harmlos sein, sagt der Zahnarzt, doch ist er nicht harmlos, nicht einfach, nicht kindlich vergreist. An der Jagd hat er kein Vergnügen, doch angelt er gern und kennt alle Fischgründe zwischen Nyons und Gap. Und er ist der letzte Bauer im Dorf, der eigenes Weinland besitzt und erntet, das kommt auf dreihundert Liter, genug für ein Jahr. Sehen Sie die steinigen Wege am Berg? Dort wuchs der Wein, man trug ihn auf Eseln herunter. Er besitzt noch Fässer aus Holz, seine alten Trotten, er wäscht sie im frühen Herbst an der Straße aus. Jeder andere im Ort kauft den Wein in der Vinicole. Und wie er beim Wein bleibt, bleibt er beim Obst. Er ist der einzige, der seine Pflaumen erntet, er macht Konfitüre daraus, die genießt er selbst, und ist hier der einzige, der sein Gemüse nicht spritzt. Der Wein, die Oliven, die Seidenraupen sind weg, die Maultiere, Esel und Pferde nicht mehr da, und er scheint guter Dinge, wenn er darüber spricht. Er arbeitet mit Vergnügen, spielt gerne Skat und schimpft nicht drauflos, wenn die Obstbaumblüte erfriert. Ohne Erbitterung erzählt er vom Krieg. Franzose zu sein ist normal, kein Grund zum Feiern, eine Nationalität hat der Mensch sowieso – es sei denn, er kämpft als Kurde für seinen Staat –, und ein Kind in Dakar ist nicht schlechter als eins in Lyon. Er sagt: Man bedient nicht und wird nicht bedient, man arbeitet selbst und wenn nötig gemeinsam mit andern, und so ist es gut. Während solcher Sätze pumpt er sein Fahrrad auf, er sitzt auf der Mauer und blickt in den Fluß. Er ist nie was andres als Bauer gewesen, und wie Mathieu war er nie in Paris.

*

Armand ist ein Schwein, erklärt mir der Advokat, der aus den Hinterbacken der Gegend kommt. Doch ein Schwein, kann man sagen, ist intelligenter, es ist nicht so heimtückisch, faul und feige. Was macht das Schwein? Es grunzt. Und mit Armands Geschwätzigkeit verglichen, ist das eine dezente Ausdrucksweise. Seine Geschwätzigkeit, wie auch die seiner Frau, kaschiert – nicht bewußt – seine lüsterne Neugier, seine Sensationslust und konspirative Gemeinheit, seine voyeuristische Energie, mit der er die Neuigkeiten hinunterschlingt. Haben

Sie seine Augen bemerkt? Im Moment der Begrüßung sieht er Sie an, dann beginnt er zu reden. Während er auf Sie einredet, blickt er sich um, als könne ein dritter hören, was er sagt. Er nimmt wahr, was hinter Ihrem Rücken geschieht, blickt seitlich an Ihnen vorbei, dreht sich um und bemerkt, wer die Bar betritt. Er dämpft seine Stimme und flüstert zuletzt. Seine Haupteigenschaft ist die Faulheit. Er hat einen Autounfall zum Anlaß genommen, sich pensionieren zu lassen. Jetzt bezieht er la retraite und hat nichts zu tun, spielt perfekt, für sich selbst und jeden, den entschlossenen, aber von Schmerzen geplagten Bürger. Er hat Zeit, sich um die Geschichten der Leute zu kümmern. Wo er nichts entdeckt, erfindet er. Er lügt grundsätzlich. Er behauptet, Autos und Fahrräder kaufen zu wollen, Grundstücke, Bäume, Waren aller Art, um an die Leute heranzukommen, doch er hat, soviel man weiß, nie etwas gekauft. Er ist der Sohn eines ehrlichen Ziegenbauern, hat in der Armee das Haareschneiden gelernt, kommt in die Küchen der Gegend, frisiert die Köpfe, und kassiert vierzig Francs plus Gezischel und bric-à-brac. Er wertet grundsätzlich auf, was er sagt und tut, damit macht er sich vor sich selbst interessant, darin ist er der südliche Typ wie alle hier, man handelt geräuschlos und redet laut. Er sagt zu sich selbst: Armand, du bist hier der Klügste, und verachtet die andern. Er unterschätzt sie, und das wird einmal sein Untergang sein. Einer macht sich die Mühe, ihm nachzuweisen, daß seine Erzählungen Schleim und Hinterlist sind. Er kann sich herausreden, aber nicht lange. Er wird durchschaut und trinkt allein. Man holt ihn zum Skat an den anderen Tisch, aber er selbst bezahlt seinen Wein. Und er wird als gekränkter Tragöde enden, kopfschüttelnd über die enge, dreckige Welt.

Mathieu sagt: Armand? Er redet, ich lasse ihn reden.

*

Regen, Herbstregen, Winterregen. Das schlägt durch geplatze Ziegel, versickert in Mauern, läuft an Wänden herunter und tropft auf Papier. Mathieu verabscheut den Regen, vor allem im Sommer, das beständige Gluckern und Scheuern, den Wassersturm, die an Scheiben schlagende Nässe, das graue Licht. Regen macht Zeit und Gewohnheit zwecklos, die Arbeitskraft unanwendbar und lähmt den Betrieb. Keine Rede vom Regen. Mathieu, kann man sagen, versteht ihn nicht. *Störrischer Esel lehnt Regen ab*.

Endloser Winterregen, durchnäßtes Haus, das Wasser dringt durch den Berghang ins Kellergeschoß. Ich rief ihn an, bat um schnelle Hilfe, Mathieu lehnte ab. Die paar Wassertropfen, was macht das aus; es gibt Löcher in allen Dächern, es tropft überall, und es tropft auch bei ihm, er hört es vom Küchentisch aus; man gewöhnt sich daran, es tropft in der ganzen Welt, und da will er nicht kommen, er kommt nicht, nein.

Ich rief einen anderen Bauern, er kam und half. Mathieu erfuhr davon und jaulte vor Wut, enttäuscht, verraten, in der Ehre verletzt. Ich sagte: Ich habe dich um Hilfe gerufen, du bist nicht gekommen. Mathieu war sprachlos, starrte mich an, schien nichts zu begreifen und vergaß den Vorfall am selben Tag. Sein Vergessen war echt, er erinnerte sich an nichts.

Der Einbruch von Nässe wiederholte sich. In einer Südwindnacht brach das Eis und schmolz. Das im Berg gestaute Wasser drang in die Gewölbe, überschwemmte die Böden und floß über Tisch und Herd. Ich rief ihn an, bat um schnelle Hilfe, Mathieu lehnte ab. Nein, er kommt jetzt nicht, denn er hat seine Suppe gegessen, er sitzt vor der Télévision und kommt nicht, nein. Und wieviel Uhr es ist, es ist zehn Uhr nachts.

Ich fuhr sofort mit dem Wagen hin, zog den Entgeisterten aus der Küche, drückte ihm Stiefel und Besen unter den Arm, nahm seiner Schwester Eimer und Lappen weg und chauffierte Mathieu vor das triefende Haus. Aus der offenen Tür floß Wasser in seinen Schuh. Ich sagte *du hilfst!* und zeigte ihm, was hier zu tun war. Er half, überwältigt von Befehl und Nässe, die Art der Wassermasse war neu für ihn. Nach ein paar Stunden lachte er wieder, *t'as bien fait*, es ist gut, daß du mich geholt hast. Noch Monate später führte er vor, wie er nachts von mir entführt worden war.

*

Mathieu lud mich ein zum Sommerendfest nach Valouse. Wir fuhren durch waldige Vorberge hin, ein Dorf mit Briefkasten, Brunnen, Platanenallee, von Höfen und Gärten weit umgeben, keine Bar, kein Laden, kein Autocar. Wer dort lebt, fährt Motorrad und PKW.

Die Kapelle liegt unterhalb der Höfe am Weg, ein hangaufwärts kriechendes altes Tier, das auf halber Höhe liegenblieb. Das Glockenturm-Köpfchen, gestreckt wie ein Horn, erreicht nicht die Höhe der dunklen Allee. Angrenzend ein Friedhof, viel Unkraut und wenige Gräber, unscheinbar in jeder Jahrzeit, sich selbst überlassen. Das Gemäuer läuft über die Bodenwellen, teilt das Gras von den Gräbern, kommt steil zur Kapelle zurück und läßt Raum für den Eingang, ein Eisengitter, das auf bemoosten Stufen am Mauerwerk hängt. Im Gegenlicht hinter den Hügeln, hoch und blau, das Gebirge mit Eichenwald und Geröll. Vor dem Friedhof die langen Reihen der Tische und Bänke, ein Grill für die Wildschweinsteaks und ein Herd mit Töpfen, und Pappteller, Brotkörbe, Weinkaraffen und Blumen. Aus dem Lautsprecher an der Kapelle drang Knall & Geknister, die Installateure, Männer aus Valouse, liefen ratlos den Drähten entlang durch das staubige Gras.

Im Gelände verstreut standen Wagen der Gäste, Handwerker, Händler und Bauern der Baronnies, das drängte aus Türen und Kofferräumen, Kinder, Kissen, Hunde und Picknickkörbe, krächzende Greise mit Stöcken und fleischige Frauen, Mütter mit Kinderwagen, Flaschen, Puppen, betagte Fallada-Köpfe und listige Bäuche, ein jugendlicher Vater mit purzelndem Kind. Man verteilte sich um die Kapelle und an den Tischen, saß essend und trinkend zusammen im warmen Licht, in Holzfeuerqualm und Gelächter bis gegen Abend, erhob sich danach in Gruppen und promenierte, urinierte vor der Kapelle, verschwand in den Büschen, erbrach an der Friedhofsmauer, stand zwischen den Gräbern, holte Boulekugeln aus dem Wagen, schlief ein unter Bäumen, trank weiter allein an den Tischen und sang im Rausch. Dicke ältere Paare tanzten am Weg, zu Schall & Geknatter, das aus dem Lautsprecher schoß. Auf zusammengeschobenen Bänken drängelnd und rutschend, war ein Kinderschwarm in der Eisenbahn unterwegs.

Wir gingen im Zwielicht zum Wagen zurück, an Kapelle und Friedhof vorbei und fuhren nach Haus. Mathieu schien satt und zufrieden, als er sagte – mit einem Blick auf mich, der Antwort verlangte: *T'as vu le cimetière* – hast du den Friedhof gesehen?

Wir hatten beide den Friedhof gesehen.

*

»Um sich zu kennen, muß man das eigene Leben bis zum Ende durchleben, bis zu dem Augenblick, in dem man in die Grube sinkt. Und auch dann noch muß einer da sein, der dich auffängt, dich wiedererweckt, dich dir selbst und den anderen erzählt wie bei einem jüngsten Gericht. Das ist es, was ich in diesen Jahren getan habe –« (Salvatore Satta)

*

À dieu l'ami! bei überraschendem Telefonanruf, und wenn man sich auf dem Dorfplatz trifft, Brot und Zeitung unter dem Arm.

À bientôt! wenn ich sein Haus verlasse, bevor ich reise. *Un de ces jours!* wenn man weiß, man sieht sich bald wieder.

Envoi

Seit meiner Kindheit lebe ich auf dem Land. Land und Landwirtschaft sind mir vertraut, in allen Jahreszeiten, an wechselnden Orten, ich habe durch Landarbeiten mein Brot verdient und bin nicht Spion, nicht Beobachter, wenn ich berichte. Land, Landschaft und Dorf sind nicht Luxus für mich, kein Ferienziel, kein Fluchtpunkt und kein Idyll. Auf dem Land sein bedeutet gewöhnliches Dasein und tägliche Arbeit.

Seit Jahrzehnten lebe ich in Villededon, unter Bauern und Nachbarn, von denen berichtet wird, in der offenen Balance aus Distanz und Nähe, die die Grundlage einer guten Gegenwart ist. Ich bin hier so namenlos, wie ich hoffen kann, anonym und unabhängig, das ist ein Glück (und von Kind an ein Wunsch, den ich mir erfülle), mein Metier kennt hier niemand außer ein paar Deutschen, die – zu meinem Vorteil – keine Gedichte kennen. Als Unbekannter zu leben ist eine Chance, die von mir geschaffen und täglich gestaltet wird. Man weiß, daß ich Zeichner und Schriftsteller bin, hat aber keine Vorstellung, was das bedeutet, wie man so was macht, und wovon man lebt, und respektiert mich, weil ich ein Handwerk habe, *un grand travailleur* wie die Bauern und Handwerker auch. Da niemand weiß, was ich zeichne und schreibe, gilt Bejahung oder Verneinung allein der Person, das vereinfacht Umgang und Alltag im Hinterland. Ich bin nicht im Exil und kein Immigrant, doch von Deutschland durch eine Grenze spürbar getrennt. Das Geld, das ich hier verbrauche, verdiene ich dort. Und ich bin nicht eingeschlossen in eine Gegend und nicht ausgeschlossen von dem, was hier duftet und stinkt.

Da ich wissen will und wissen muß, wo ich lebe, mit wem man es zu tun hat und was hier geschieht, wie Charakter und Lebensweise beschaffen sind, was hier Öffentlichkeit, Nation oder Freiheit bedeuten, wo Abgrund, Geheimnis, Gefahr zu vermuten sind, versuche ich mit Ausdauer und Vergnügen, vom ersten Moment an und offenbar ohne Ende, mir ein unerschöpfliches Land zu eigen zu machen, für die Bauern nicht spürbar, auf lautlose Weise. Diese Wirklichkeit – und das heißt: Die Gegebenheiten, die ich immer mal wieder zu kennen glaube – ist so vielfältig, widerspruchsvoll und weiter verborgen, daß Verlangen und Suche nach ihr nicht aufhören kann. Ich kenne die Fülle des Urwalds und die der Wüste, des Nordens und Südens, Ostens, Westens, Australiens und Lapplands, und lernte in der Drôme eine Landschaft lieben, die aus vielen Fernen der Windrose etwas verkörpert. Es gibt Formationen in Vegetation und Erde, die Asien, Mexiko oder Oberrhein sind. Hier ist das Licht der Kykladen, Sizilien und Schwarzwald, der texanische Horizont, Olive und Wein, Holunder und Enzian und Pappel und Zeder und Eiche und Pinie. Hier wird eine reiche alte Sprache gesprochen. Das ist nicht weit vom Meer, von Italien und Spanien, Paris und Marokko. Ich kenne hier jedes Wasser und jeden Berg, und fast jedes Haus und seine Geschichte, weiß von fast jedem Menschen und bin ihm begegnet, durchschaue Machtverteilung und Hierarchie – ein einfacher Durchblick –, bin aber kein Franzose und hier nicht geboren, ohne Absicht, mich einzugraben und *Heimat* zu haben, kam her, als das Land sich selbst gehörte, ohne Kraftwerke, Autobahnen und *déjections*. Mein Vertrautsein ist leicht und geht weit, behält aber Grenzen, die nur nach innen zu öffnen sind, das ist ein Vermögen.

Der Bauer ist überall und immer derselbe, und verschieden durch ein paar Eigenheiten, die einer Nation, einem Land, einem Klima gehören. Es ist ein Unterschied vor allem des Geldes, ob er Hühner, Wein oder Pferde hat, ob er fischt oder jagt, große Plantagen im Flachland erntet, oder Heu von Steilhängen in die Scheune holt. Doch bleiben Selbstbewußtsein und Status vergleichbar, das Dasein in Arbeit, Jahrzeit und Tradition, wie die staatliche Verwertung seines Produkts. Der Bauer hier gleicht noch dem Bauern vor sechzig Jahren, obwohl sich die Ökonomie verändert hat, und Technisierung die Lebensform nivelliert. Die junge Generation löst sich davon ab. Man verkauft den Besitz, baut ein Haus in der Vorstadt, verdient als Angestellter sicheres Geld, avanciert zum Kleinbürger ohne Identität, hat aber noch Rückhalt im Hinterland. Die Familiengeschichte beansprucht ihn weiter, er nimmt an Begräbnissen teil und hilft in der Ernte, hat noch keinen Mercedes und keine Mätresse, kleidet sich unauffällig und setzt einen Bauch an, der als Symptom seines Aufstiegs geachtet wird.

Die literarischen Klassiker dieser Landschaft sind Jean Giono, Henri Bosco und René Char, auch André de Richaud, Alain Borne und andere. Sie sind hier geboren, haben hier gelebt, ihre Epik und Lyrik hat hier ihren Grund, Motive und Stoffe sind nicht austauschbar. Ein Roman von mir über dieses Land geschrieben, bliebe zwangsläufig sekundär oder ohne Farbe, wäre tatsächlich *über* dieses Land geschrieben, und zu schreiben *über* etwas gelingt mir nicht. Ich habe kein Wort je über etwas gesetzt, auch Rezensionen nicht *über ein Buch* verfaßt. Und *über Menschen schreiben* verbietet sich. Mathieu ist kein Stoff, kein Motiv, kein Modell. Er ist ein lebendiger Mensch, von dem ich berichte; dem mit Routine nicht beizukommen ist; dem ich näherkomme, vielleicht, mit vier wahren Sätzen; der mir jede Art der Genauigkeit abverlangt, zuerst der Wahrnehmung und zuletzt der Sprache; der erkannt und dargestellt wird um seinetwillen; der nicht verfälscht werden soll oder stilisiert, und nicht als Romanfigur wiederaufersteht. Die Kunst des Berichtes besteht darin, ihn nicht zu verwandeln in eine Kunstfigur.

Es ist Mitte August eines heißen Sommers. Lavendel wird geerntet und transportiert, die Lavendelmühlen rauchen und duften weit. Mathieu kultiviert noch ein Feld in den Bergen, dessen Ernte einen gewöhnlichen Anhänger füllt. Und er hat noch Lavendelöl aus dem letzten Jahr – er will es verkaufen, denn der Preis ist gut –, und bittet mich, ihm ein Schild zu schreiben, das er auf dem Lavendelmarkt aushängen kann. Auf einem linierten Zettel steht der Text:

Vendres
Plants. Lavandin. Abrialis.
Allô 75608651
Heures Repas

Das heißt: Verkauf von Lavendelstauden, der Arten Lavandin und Abrialis, Telefonnummer, und: Anruf erbeten während der Essenszeit.

Ich bringe ihm einen weißen Karton, der Text ist

leicht lesbar in starken Farben geschrieben. Er ist überrascht, so was hat er noch nicht gesehen. Wir unterhalten uns über Markt und Werbung. Sein Verkaufsangebot soll eine Einladung sein, neben der die Offerte der Konkurrenten verblaßt. Mathieu ist überzeugt und zufrieden und lädt mich für Sonntag zum Essen ein.

Christoph Meckel
Shalamuns Papiere
Roman
Band 13175

Shalamun, diese schillernde Figur, ist am Anfang dieser Geschichte nun endgültig untergetaucht; unter Zurücklassung ihrer Papiere, die den Verdacht nahelegen, daß Shalamun einen Menschen getötet hat. Ein gewisser Serge Moore begibt sich auf die Suche nach ihm, indem er jene Menschen befragt, die Shalamun gekannt haben: Marcel Garda, einen Regisseur, Boby Cervantes, einen Geschichtenerzähler, und natürlich die Frauen – seine Geliebte für einen Winter, Stella Farni, und die beiden Verführerinnen mit den sprechenden Namen Nessel und Distel. Doch je näher man Shalamun zu kommen glaubt, um so undurchsichtiger wird seine Erscheinung

Fischer Taschenbuch Verlag

Christoph Meckel
Licht
Erzählung
Band 2100

Diese Geschichte eines Abschieds, der durch den Unfalltod der Geliebten unwiderruflich wird, ist vor allem die Geschichte einer Leidenschaft, in der Beruf und Alltag keinen Platz haben. In der Erinnerung des Ich-Erzählers ziehen die glücklichen Augenblicke des gemeinsamen Nichtstun wie Sommerwolken vorüber – die Ferien im Süden, die langen Nächte und die scheinbar endlosen Morgenstunden, die Spaziergänge, das Herumlungern auf der Terrasse, in den Cafés an der Küstenstraße, in den rauchigen Kneipen. Er spürt ihren nackten Körper, ihr regennasses Gesicht, die Düfte der Jahreszeiten in der Wiederkehr von Warten und Dasein. Meckel erzählt seine Liebesgeschichte, als wäre der Traum Wirklichkeit und die Wirklichkeit Traum – eine poetische Verzauberung.

Fischer Taschenbuch Verlag

Bruce Chatwin
Auf dem schwarzen Berg
Roman
Aus dem Englischen von Anna Kamp
Band 10294

Bruce Chatwin erzählt in seinem ersten Roman von dem merkwürdigen, geradezu archaischen Leben der beiden Zwillingsbrüder Lewis und Benjamin Jones auf dem elterlichen Bauernhof, ›The Vision‹ genannt und auf dem schwarzen Berg in Wales gelegen. Es ist ein Leben, das bestimmt ist von der Bindung an die Familie, den Boden, die Landschaft, eine Handvoll Menschen, die Arbeit, jahrzehntelang die immer gleiche, je nach den Rhythmen der Jahreszeiten und den Bedingungen des Wetters. Ihre Art zu sein hat den Brüdern Gewißheiten gegeben, in denen sie durch niemand und nichts irritierbar sind: in einer Art Unschuld kehren sie dem modernen Zeitalter den Rücken. Dieser Roman ist ein eigenartig schönes, auf den ersten Blick fast ein wenig altmodisch anmutendes Buch über eine Landschaft, ihre Stimmungen und Charaktere; es handelt von der Frage nach dem Wesentlichen und der Gelassenheit.

Fischer Taschenbuch Verlag

Thomas Hürlimann
Die Satellitenstadt
Geschichten
Band 11879

Zwei Erzählwelten sind auszumachen: die eine bestimmt von der Realität der Satellitenstadt, die andere von den tradierten Werten ländlichen Lebens. Der Leser dieser Geschichten, die durch wiederkehrende Schauplätze, Figuren und Motive locker miteinander verbunden sind, tritt gleichsam eine Reise an, die ihn vom »bienenumsummten Weiler«, aus der überschaubaren Kindheitswelt und dem Kreis der Familie hinein in die Schlaf- und Satellitenstadt führt, die die nahe Metropole Zürich Tag und Nacht umkreist. Es macht die Eigenart und den Reiz dieser Erzählungen aus, daß selbst dort, wo die Realität der Satellitenstadt die Menschen der Anonymität preisgibt, der Autor Spuren entdeckt, die zu neuen Stoffen und Geschichten führen.

Fischer Taschenbuch Verlag

Lukas Hartmann

Die Mohrin

Roman

Band 13288

Im Jahre 1763 kauft Franz Xaver von Wyssenbach auf der Karibikinsel Saint Dominique die schöne Marguerite frei, die wie ihre Vorfahren als Sklavin aufwuchs. Der Herr nimmt sie mit in sein Haus, einen alten Patriziersitz in Bern. Fortan ist sie die Zofe der herrischen Madame und die heimliche Maitresse von Monsieur. Freilich darf niemand wissen, daß der kleine »pißgelbe Bastard«, dem sie das Leben schenkte, der uneheliche Sohn des Herrn von Wyssenbach ist. Hartmann erzählt die historisch verbürgte Geschichte der ›Mohrin‹ aus der Perspektive des Jungen. Als Louis durch den jungen Vikar, der mit den Ideen der Aufklärung sympathisiert, die Wahrheit seiner Herkunft erfährt, verkehrt sich für ihn die Welt: Der Herr, der ihn ignoriert und seine Mutter mit Anträgen verfolgt, der Vikar, der ihm und seiner Mutter zur Flucht nach Frankreich verhelfen will, das Scheitern dieser Unternehmung und in der Folge die Bestrafung Marguerites, endlich ihr Tod, der Louis dann ein zweites Mal fliehen läßt.

Fischer Taschenbuch Verlag

Christoph Meckels Porträts
über Dichter und andere Gesellen

192 Seiten mit Abbildungen. Gebunden

Die hier versammelten Porträts – u.a. von Günter Eich, Oskar Pastior, Antonio Tabucchi und Peter Weiss – gehen von privaten Begegnungen aus. Sie suchen nicht das Spektakuläre, sondern den Augenblick, in dem der Beschriebene ganz bei sich selbst ist. Dabei entsteht ganz beiläufig eine subjektive Literaturgeschichte der Nachkriegszeit, die zugleich auf Meckels eigene Arbeit als Autor und Zeichner Rückschlüsse zuläßt. Meckels Porträts schaffen eine Wirklichkeit, die den Leser verführt, Autoren und Künstler neu zu entdecken.